예고의 음악 천재 7

강서울 현대 판타지 소설

초판 1쇄 찍은 날 § 2023년 5월 12일
초판 1쇄 펴낸 날 § 2023년 5월 19일

지은이 § 강서울
펴낸이 § 서경석

총괄팀장 § 황창선
편집책임 § 박현성
디자인 § 스튜디오 이너스

펴낸곳 § 도서출판 청어람
등록번호 § 제387-1999-000006호
등록일자 § 1999. 5. 31
어람번호 § 제1-3211호

본사 § 경기도 부천시 부일로 483번길 40 서경B/D 3F (우) 14640
편집부 § 서울특별시 구로구 디지털로 272 한신IT타워 404호 (우) 08389
전화 § 02-6956-0531 팩스 § 02-6956-0532
http://www.chungeoram.com
E-mail § chungeorambook@daum.net

ISBN 979-11-04-92487-3 04810
ISBN 979-11-04-92468-2 (세트)

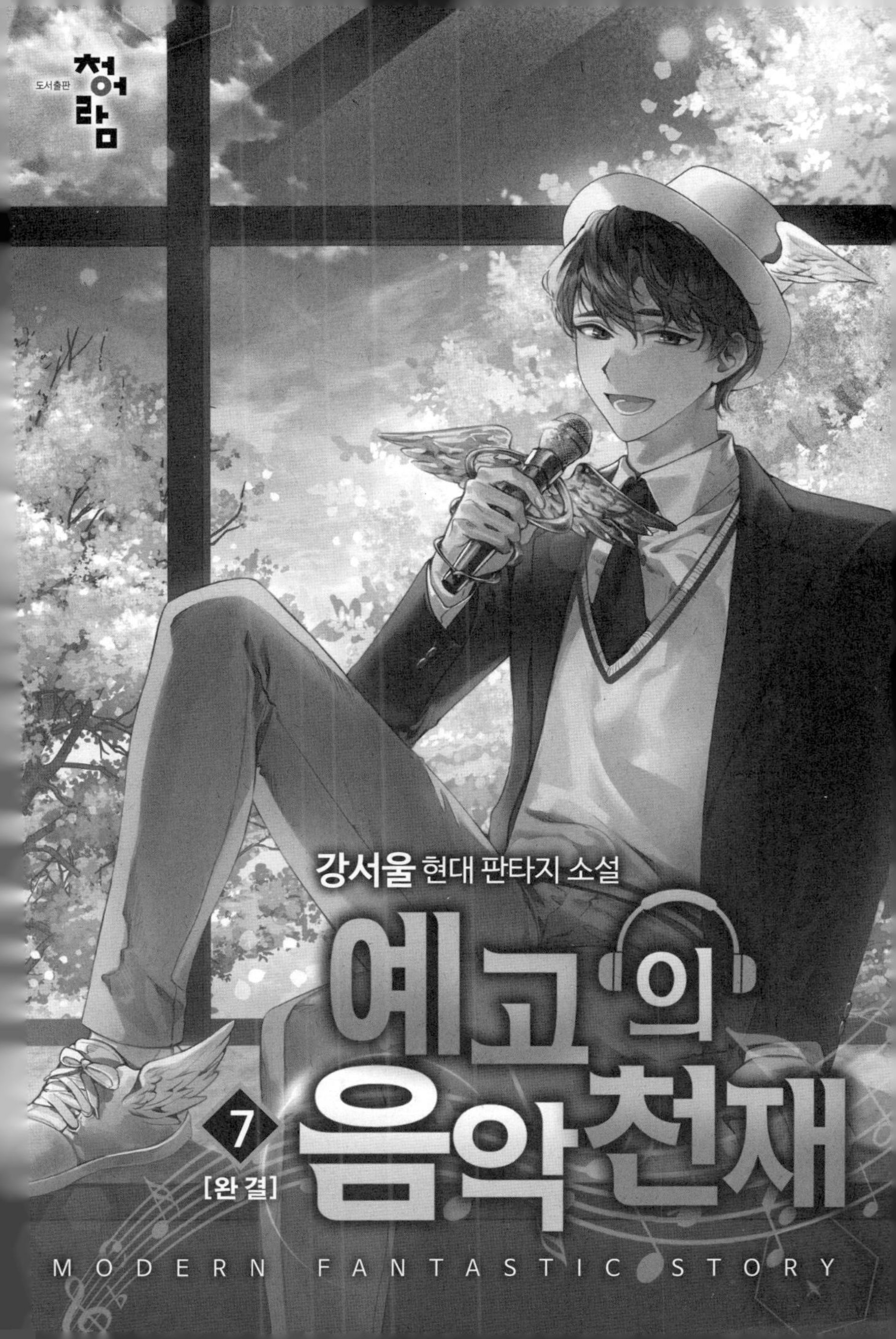
도서출판
청어람
강서울 현대 판타지 소설
예고의 음악천재
7
[완 결]
MODERN FANTASTIC STORY

목차

Chapter 1

　레코딩이 끝난 후, 이상진 트레이너는 아프로 비안체에게 다가갔다.

　그는 보컬 트레이너, 엄밀히 말하자면 아프로 비안체와 전문 분야는 달랐다.

　그럼에도 그는 음악계에서 사람들에게 존경받는 거장이다.

　당연히 이상진 트레이너 또한 그에게 호기심을 가지고 있었다.

　이상진 트레이너는 은근한 목소리로 물었다.

　"오늘 녹음 어떠셨습니까?"

　애들이 잠깐 연습실에 돌아갔으니, 목소리를 낮춰서 하는 말이다.

　아프로 비안체가 유니비 녀석들을 어떻게 봤는지 개인적으로 궁금했다.

그간 자신이 가르쳐 온 연습생들의 실력이 어느 정도 되는지.

아프로 비안체의 고견을 직접 들어 보고 싶었다.

"……"

아프로 비안체는 이상진 트레이너의 두 눈을 똑바로 응시했다.

무슨 문제라도 있는 건가. 이상진 트레이너가 긴장한 얼굴로 침을 삼키는데, 아프로 비안체의 입술이 떨어졌다.

"훌륭했습니다."

짧고 간결한 한마디.

이상진 트레이너의 두 눈이 크게 뜨였다.

"예?"

칭찬이다.

아프로 비안체의 칭찬이다.

아니다, 극찬인가?

"정, 정말입니까?"

이상진 트레이너는 저도 모르게 흥분한 목소리로 되물었다.

아프로 비안체에게 부담을 주고 싶진 않았는데, 본의 아니게 주책맞은 학부모가 되고 말았다.

아프로 비안체는 그런 이상진을 이해한다는 듯 껄껄 웃었다.

"기본적으로 곡 이해도도 높고, 수용력도 좋습니다. 곡을 제 것으로 만드는 힘이 있었어요."

신서진을 떠올리며 썼던 곡이니, 당연히 신서진의 색깔에 맞게 쓰일 수밖에 없었다. 신서진이 이 곡을 잘 소화해 낸 것은 어쩌면 당연한 일이지만.

나머지 네 사람은 경우가 조금 다르다.

크게 기대하지 않았는데, 생각 이상으로 곡을 잘 소화해 주었다.

본인들의 실력으로 당당히 곡을 쟁취해 낸 셈이다.

이상진 트레이너가 기뻐하는 것 같아서, 아프로 비안체는 웃으며 말을 이었다.

"어린 친구들이 재능이 대단합니다. 몇 마디 하지도 않았는데, 제 곡을 이해한 느낌이었으니까요."

"극… 극찬이신데요."

이상진 트레이너는 말을 더듬거리며 웃었다.

이건 정말 극찬이다.

'가르친 게 헛되지 않았군.'

녀석들을 가르친 시간이 얼마 되지 않았고, 그렇기에 알아서들 잘한 것이겠지만. 괜시리 뿌듯해지는 것은 어쩔 수 없었다.

"우리 애들 좋게 봐 주셔서 감사합니다."

이상진 트레이너의 공손한 한마디에 아프로 비안체는 고개를 끄덕였다.

"좋게 봐 준 게 아니라, 애들이 잘한 겁니다."

"겸, 겸손하시기까지……."

"아. 시간이 벌써 이렇게 됐군요."

아프로 비안체는 시계를 보고선 두 눈을 끔뻑였다.

유니비의 레코딩 현장까지 직접 참석했고, 작곡가로서 그의 역할은 얼추 마무리되었다.

이제는 가야 할 시간이었다.

끼이익.

아프로 비안체는 의자를 안쪽으로 집어넣으며 자리에서 일어났다.

"다음에 또 볼 일이 있길 바랍니다."

"네, 잘 들어가십쇼!"

이상진 트레이너 또한 벌떡 일어나서 몇 번이고 90도로 인사를 했고.

"오늘 정말 영광이었습니다!"

아프로 비안체는 가볍게 인사를 받아 주었다.

아마도 뒤에서 잔뜩 흥분해 있을 이상진 트레이너를 뒤로하고선, 아프로 비안체는 다시 발걸음을 재촉했다.

만나야 할 사람이 있었다.

＊　　　＊　　　＊

디오니소스와는 그의 저택에서 직접 만났다면, 아폴론은 한국에 특별히 집을 마련해 두지 않았다.

그렇다고 신서진의 숙소에서 만날 수는 없었으니…….

녹음이 끝난 후 두 사람이 만난 곳은 호텔이었다.

"들어오지."

아프로 비안체, 아니, 아폴론은 능글맞게 웃으면서 신서진을 안에 들였다.

오늘 녹음을 하는 동안 얼마나 불편했는지, 그 어색한 감정은 이루 말할 수 없다.

"내 앞에서 노래를 잘도 부르던데."

화악―.

신서진의 얼굴이 살짝 붉어졌다.

하지만, 그는 준비된 관종. 부끄러워할지언정, 회복 탄력성이 우수하다.

아프로 비안체의 말은 그리 큰 타격을 주지 못했다.

"부를 수도 있죠. 가수인데."

"아니, 별건 아니고. 의외로 직업을 잘 찾은 듯하여."

어차피 그게 중요한 것은 아니다. 아프로 비안체는 그쯤에서 신서진 놀리기를 마무리하고는, 본론으로 들어갔다.

아프로 비안체가 일정을 미뤄 한국에 머물렀고, 굳이 신서진을 다시 찾은 이유.

바로 아테나의 문제가 남아 있어서였다.

"아테나를 찾은 것 같다."

아프로 비안체의 한마디에, 신서진은 두 눈을 끔뻑였다.

"아테나를요? 그… 방패 말씀하시는 거죠?"

디오니소스도 찾지 못한 방패였다. 자신이야 지니고 있는 힘이 없다지만, 디오니소스의 경우에는 제법 힘을 쌓았을 텐데.

그 녀석이 애를 써도 잃어버린 방패를, 대체 무슨 수로?

"아직 서울에 있을 거라 생각해서 서울 전체로 탐색을 해보려 했지. 시간이 오래 걸려도, 당분간은 이곳에서 머무를 생각이었으니까."

그런데, 너무 쉽게 찾았다.

아프로 비안체가 명동 거리를 헤집고 다닌 시간은 겨우 두어 시간.

가지고 있는 신성력의 전체를 쏟아부어도 어려울 거라 생각했는데, 예상보다 훨씬 빠르게 찾은 셈이다.

"명동에서 멀리 떨어져 있지 않은 거리였어. 운이 좋은 것도 있겠지만, 서울 전체만 뒤졌어도 되었을 테니. 엄청 어려운 일은 아니었다. 뭐, 네 쪽은 입장이 다르지."

힘이 바닥에 가까운 신서진에게는 당연히 어려운 일이었을 테다.

그런 면에서 아프로 비안체는 신서진의 입장을 이해했다.

그러나.

신서진은 미간을 찌푸린 채 고개를 갸웃거리고 있었다.

"생각보다 쉬운 곳에 숨겼다니……."

"내가 서울 전역을 샅샅이 뒤질 거라고는 생각하지 못했겠지. 다시 말하자면, 명동 근처가 아니었으면 나도 힘을 꽤 많이 소비했을 거야."

"하지만, 결과적으로는 찾았을 거라는 거 아닌가요."

"…그렇지?"

음.

조금 마음에 걸리는 부분이 있긴 한데.

신서진은 떨떠름한 표정으로 수긍했다.

"대단하시네요."

아프로 비안체 정도 되는 작곡가라면 그동안 힘을 쌓아 모았겠지, 신서진은 그리 생각하며 그냥 넘어가기로 했다.

아무튼, 아테나를 찾았으면 지금이라도 당장 찾아가야 한다.

신서진은 주먹을 꽉 움켜쥔 채 말을 뱉었다.

"그래서 거기가 어디죠?"

*　　　　*　　　　*

아프로 비안체가 안내하는 대로 웬 주택가에 왔다.

꽤 좁은 길에 빌라들이 모여 있는 빌라촌이었다.

신서진은 초록색 대문을 돌아보며 머리를 긁적였다.

막상 오기는 했는데, 예상 밖의 난관이 있었다.

아테나를 찾았다고 했다.

확실한 위치를 알았다고도 했다.

그걸 믿고 왔건만……

"이 근처에 있다."

"그 불확실한 발언은 뭘까요?"

흡사 GPS의 위치 추적 시스템을 보는 느낌이다.

어, 대충 어디인지는 아는데. 아마도 서울시 중구, 명동 어딘가에 있을 거야.

그건 아는 게 아니잖아!

"어쩌라는 거죠?"

신서진은 참다못해 돌직구를 날렸다.

빌라촌 어딘가에 있음은 확실하다는데, 이 빌라촌. 생각보다 넓다.

"집에 직접 쳐들어가서 사람들 멱살 잡고 물어보시게요? 혹시 집에 방패가 있으실까요, 하면 바로 신고당해서 쫓겨날 것 같은데."

"빌라촌을 싹 다 밀어 버릴까."

아, 미친놈.

신서진은 속으로 욕지거리를 내뱉었다.

가장 열이 받는 사실은…….

'비슷한 생각을 했어.'

자존심이 상한다. 명색이 21세기인데, 이런 야만적인 생각을 머릿속에 떠올렸다는 사실이 부끄러워지는 것이다.

신서진은 아프로 비안체가 정말 그딴 짓을 할까 봐 일단 말리고 보았다.

"그건 현실적으로 조금 어려울 것 같습니다."

아무리 아프로 비안체가 힘을 얻었다 해도, 빌라촌 전체를 초토화시켜 버리는 건 예전의 위력이 있어야만 가능한 일이다. 두 사람 모두 세월이 지나면서 힘을 많이 잃었다.

아프로 비안체는 그 말이 틀리지 않다고 생각하는지, 아쉽다는 듯 혀를 끌끌 찼다.

"싹 다 불 질러 버릴걸."

"……."

"왜 도망가지?"

"미친놈이랑은 상종하지 않기로 마음먹어서요."

물론 아테나의 봉인 방패를 훔쳐 간 놈도 적잖이 미친놈일 것이다.

그런 놈을 상대하려면 방화(放火)까지는 아니더라도, 무슨 대책을 세워야 하긴 하는데.

신서진은 아프로 비안체를 돌아보며 물었다.

"일단 저희는 여기를 싹 다 뒤질 거잖아요. 그렇게 열심히 뒤져서, 만약에 잡았다고 칩시다. 잡으면 어떻게 하실 건데요?"

"방패 훔쳐 갔다는 놈?"

아프로 비안체는 두 눈을 굴리며 질문의 대답을 고민했다.

그 방패가 어떤 것인데.

감히 그것을 노리고 잠적한 놈.

아프로 비안체는 이를 갈며 말했다.

실로 화끈한 대답이었다.

"족쳐야지."

"아직 건재하신 거 같아 다행이군요."

신서진은 아프로 비안체를 따라 피식 웃었다.

그사이, 두 사람은 빌라촌의 골목길에 접어들었다.

여기서부터는 길이 아까보다 조금 더 좁아졌다.

망가진 가로등도 몇 개 있어서, 이 캄캄한 밤에 지나다니기엔 여간 으슥한 것이 아니다.

아프로 비안체는 툴툴대며 말을 덧붙였다.

"더 상세히 알아볼 수는 없지만 이 근처에 있는 게 분명해. 왠지 모르게 기분이 나쁘다."

등골이 서늘하다.

신서진은 아프로 비안체의 말에 공감하며 고개를 끄덕였다.

"저도 그렇게 생각합니다. 일단 언덕 꼭대기까지 올라가 보고, 최대한 느낌이 오는 곳부터 뒤집시다."

일일이 멱살잡이를 하는 것은 불가능한 관계로, 아프로 비안체의 감을 한 번 더 믿기로 했다.

아테나의 신성력이 느껴지는 곳. 그 근처에 왔으니 아프로 비안체의 감각도 이전보다 날카로워졌다.

　쉬지 않고 조잘대던 아프로 비안체는 마침내 입을 다물었고, 발소리를 죽여 천천히 걸었다.

　"으음⋯⋯."

　신서진도 두 눈을 감고서 그를 천천히 따라간다.

　아프로 비안체는 나직한 목소리로 말을 뱉었다.

　"느껴지는 것 같지 않나."

　정말 그런 것 같다.

　신서진은 그 자리에서 우뚝 멈춰 서고 말았다.

　찰나였지만, 익숙한 기운이 느껴졌다.

　"잠깐만요."

　"왜? 그쪽은 아닐 텐데."

　아니, 이건 아테나의 기운이 아니다.

　오히려 그보다는 평범한 인간의 기운.

　그것도 일전에 만난 적이 있는⋯⋯.

　"아."

　신서진은 나직이 탄성을 뱉었다.

　"남이준."

　이것은 남이준의 기운이다.

　하필 아테나가 봉인된 방패를 찾아온 빌라촌에 남이준의 기척이 느껴진다는 것은⋯⋯.

　'녀석한테 있었구만.'

　잡아야 한다.

　아니, 충분히 잡을 수 있다.

신서진은 입가에 호선을 그렸다.

그리고.

아프로 비안체를 버리고 내달리기 시작했다.

"어, 어디 가나!"

그가 뒤따라오든 말든 전혀 신경 쓰지 않고. 특유의 빠른 발걸음으로 단 몇 걸음을 내디뎠을 뿐이다.

신서진은 두 눈을 반짝이며 멈춰 섰다.

지난 팬 싸인회 때 나타나 느닷없이 줄행랑을 쳤던 녀석.

그 녀석과 다시 조우하는 순간이었다.

신서진은 싸늘한 목소리로 중얼거렸다.

"저기네."

목소리를 듣고 고개를 돌린 것은 아프로 비안체만이 아니었다.

마트에서 장을 보고 오는 길인지 양손 가득 검은 비닐봉지를 들고 있던 한 남자.

그는 신서진의 얼굴을 보자마자 사색이 되고 말았다.

그 자리에 얼어붙어 버린 남이준.

검은 비닐봉지가 툭, 떨어진다.

그것도 잠시.

"어… 어……."

후다다닥!

남이준이 빛과 같은 속도로 도망치기 시작했다.

*　　　　　*　　　　　*

뛰어 봤자 신서진의 손 안일 뿐이었다.

이 세상에서 가장 빠른 존재가 눈앞에 있는데, 고작 내달리는 것만으로 도망칠 수 있을 리가 없었다.

신서진에게 목덜미가 붙들린 남이준은 반지하의 방에 던져졌다.

아프로 비안체의 두 눈이 서늘하게 빛났다.

"이놈이었군."

그 한마디에서 살기가 느껴진다.

남이준은 덜덜 떨면서 바닥에 주저앉았다.

'이래서 맡지 않으려 한 건데.'

언제까지 신의 눈을 피할 수 있다고.

남이석의 협박에 못 이겨서 방패를 떠맡았지만, 언젠가 이런 날이 올 줄 알았다.

딱딱딱.

남이준의 이가 부딪히며 소리를 내었다.

"잘… 잘못했습니다."

쯧.

아프로 비안체는 혀를 차며 남이준을 노려보았다.

그러고는 싸늘한 음성으로 입을 떼었다.

"네가 골라라. 개처럼 맞을 것인지, 말처럼 맞을 것인지."

"……?"

"아니면 인간답게 개같이 처맞을 것인지……. 아, 이건 아까 했구나."

아프로 비안체를 인상을 찡그리며 주먹을 들어 올렸다.

"어찌 되었건 뭘 하든 네놈에겐 처맞을 선택지뿐이다."

"어… 어어!"

남이준의 망막 가득 아프로 비안체의 살벌한 얼굴이 담겼고.

빡!

"아아악!"

퍽! 퍽!

개같이 팬다더니만, 딱 그 꼴이었다.

다른 사람이면 모를까, 개빡친 아프로 비안체를 막을 수 있는 방법은 없다. 신서진은 그를 말리는 걸 포기하고 한 걸음 뒤에서 관망했다.

퍽!

퍽!

그렇게 살벌한 타격음이 몇 번이나 이어질 무렵.

아프로 비안체가 주먹을 내려놓으며 물었다.

"내가 누군지 아나?"

남이준은 덜덜 떨면서 고개를 격하게 저었다.

"모, 모릅니다."

"그러면 쟤가 누군지는 알지?"

아프로 비안체는 손가락으로 신서진을 가리켰고, 남이준은 그대로 얼어붙었다. 입술을 본드로 붙인 것처럼 말이 없다.

"……."

퍽!

"아, 압니다!"

이번에는 즉각적인 대답이 튀어나온다.

아프로 비안체를 미간을 찌푸린 채 궁시렁거렸다.

"내가 그랬잖아. 폭력이 대화 환경을 조성한다고. 아주 효과적인 대화 수단이야."

"아이고."

"악!"

신서진은 혀를 내두르며 그 광경을 지켜보고 있었다.

나도 참 지랄 맞은 성격이지만 아폴론의 지랄 맞음은 내가 건드릴 수 없는 경지다.

신서진은 그리 생각하며 눈가가 빨갛게 부어오른 남이준을 내려다보았다.

물론 그렇다고 해서, 안타깝거나 한 감정은 조금도 들지 않았다.

아테나의 봉인 방패를 숨겨 두는 희대의 미친 짓을 해 놓고.

막상 이런 상황이 되니 두 손이 닳도록 싹싹 빌어 대고 있지 않는가.

참으로 간사한 성격이었다.

"저 녀석을 알고 있다는 건, 저 녀석의 진짜 정체도 알고 있을 거라는 거고."

"네… 네!"

"그러면 그 방패가 무엇인지도 알고 도망쳤겠구나."

"살, 살려 주세요. 다… 다 드리겠습니다. 목숨만… 목숨만 살려 주세요……."

아프로 비안체는 심드렁한 표정으로 신서진을 돌아보았다.

저런 짓거리를 해 놓고 목숨만은 살려 달란다.

"내가 이놈을 살려 둘 것 같나?"

망자를 데려가는 것이 헤르메스의 역할.

예언의 신은 아니었지만, 신서진은 이 문제에 대한 해답을 줄 수 있었다.

남이준의 입술은 파리하게 질려 갔고, 얼굴은 아예 사색이 되어 있었다.

신서진은 담담한 목소리로 아프로 비안체의 물음에 대답했다.

"글쎄요. 저놈이 아직은 죽을 때가 아닌 것 같은데요."

"아쉽게 됐군."

퍽!

아프로 비안체는 혀를 차며 남이준을 벽으로 밀쳤다.

벽에 부딪힌 남이준은 그대로 고꾸라지며 침음을 삼켰다.

"윽!"

아프로 비안체의 서늘한 시선이 아테나가 봉인된 방패에 닿았다.

방패를 찾는 건 어렵지도 않았다.

숨겨 둔 것도 아니고, 방 안 구석에 고이 모셔 놨으니 말이다.

아프로 비안체는 바닥에 엎어진 남이준에게 다시 물었다.

"네놈한테 이 방패가 흘러 들어간 경로를 말해라."

잠깐의 대면이었지만, 아프로 비안체는 남이준이 어떤 인간인지 대강 눈치챘다. 악한 심성을 가진 인간일지언정, 디오니소스의 집에서 당당히 방패를 훔쳐 낼 만한 배짱은 없는 녀석이었다.

"믿… 믿지 않으시겠지만 저… 저도 정말 모릅니다!"

그러니 바닥에 머리를 박고서 웅얼거리는 저 말은 사실일 것이다.

남이준은 덜덜 떨면서 속사포로 말을 쏟아 내었다.

"형, 형이 주워 온 거고. 저도… 저 방패가 뭔지는 알았는데 도무지 거절할 수가 없어서……. 제가 잠시 갖고 있었습니다. 어디서, 어떻게 난 건지 정말로 저는 모릅니다."

자신도 가지고 싶지 않았다.

안 그래도 언제 들킬지 몰라서 떨고 있었다고, 남이준은 떨리는 목소리로 말을 뱉었다.

동정을 얻기 위한 나름의 개수작인 듯싶었다.

신서진은 떨떠름한 표정으로 남이준을 내려다보았고, 그는 충혈된 눈으로 입을 떼었다.

"그… 그래서 팬싸인회 때 저걸 드리러 간 건데……."

"팬 싸인회 때?"

아.

그때 왜 모습을 보였나 했더니, 저 방패가 감당이 안 되었던 거였군.

벌벌 떨면서 눈치나 살피고 있다가 결국 도망치듯 행사장을 나섰던 모양이었다.

아프로 비안체가 인상을 찌푸리며 손을 들었다.

"그러면 그때 줬어야지."

"예… 예?"

"인간아, 늦었단다."

빡!

다시금 남이준이 개처맞는 소리가 들리고, 신서진은 조용히 귀를 손으로 막았다.

아프로 비안체가 살벌하게 읊조리는 말이 들린 듯했다.

"그냥, 죽일까?"

남이준이 그 자리에서 발작하듯 튀어올랐음은 당연했다.

퍽!

"으아아아악!"

신서진은 그런 둘을 무시하며 조심스레 방패를 집어 들었다.

아테나의 기운이 느껴지는 방패. 은은한 신성력이 손끝을 타고 올라와 찌릿거렸다.

봉인 해제서가 있으니, 이제 아테나를 깨울 수 있다.

신서진은 흐릿한 미소를 지으며 방패를 움켜 쥐었다.

'돌고 돌아서 왔지만, 찾긴 찾았어.'

그러고는, 아프로 비안체를 돌아본다.

"이제 슬슬 가죠."

남이준의 퀭한 눈이 자신을 올려다보았다.

아프로 비안체를 말리지 않으면, 진짜 저러다가 죽을 것 같다.

아직 때가 되지 않은 생명을 보내 버리는 것은 곤란하다.

그래서 이쯤에서 마무리하고 돌아가려는데…….

남이준의 떨리는 목소리가 신서진을 붙들었다.

"저… 저거 가져가면 형이 가만히 두지 않을 겁니다."

협박의 어조는 아니었다.

아프로 비안체는 미간을 찌푸리며 남이준을 돌아보았다.

"형이라면……. 그놈?"

신서진이 말했던 이정식품의 대표. 반인반신의 존재라는 그놈.

그 주먹에 한 대 더 맞을까 봐 벌벌 떨면서도, 남이준은 입술을 오물거렸다.

"분… 분명 가만히 두지 않을 거라고요."

"가만히 두지 않으면 어쩔 건가?"

아프로 비안체는 헛웃음을 터뜨리며 남이준을 내려다보았다. 그 입가에는 비릿한 조소가 걸려 있었다.

"내가 네 형을 못 이길 거라 생각하나?"

그 한마디에, 남이준의 동공이 크게 흔들렸다.

그는 떨리는 목소리로 입을 떼었다.

"이길 수… 있어요?"

마치 기다렸다는 듯한 음성이다.

"그럼 이겨 주세요."

"뭐?"

그렇게 제 형을 도와 놓고.

몇 번이나 자신을 엿 먹여 놓고.

이어지는 뒷말은 신서진도 예상하지 못한 것이었다.

"막아 주세요. 그 인간은 미쳐 버렸으니까."

*　　　　*　　　　*

아테나의 봉인을 해제하기 위해서는 적절한 공간이 필요했다.

혹여 예상치 못한 상황이 발생할 수 있으니, 인가가 많은 도시는 곤란하다.

그래서, 둘이 늦은 새벽에 찾은 곳은 인적 드문 산이었다.

아프로 비안체는 묵직한 방패를 두 손으로 끌어안았다.

후—.

그 옆에서 신서진은 타오르는 촛불을 입으로 불어 껐다.

이로써 마지막 준비는 끝났다.

아프로 비안체가 낮게 깔린 목소리로 입을 열었다.

"이제 주문서를 쓰기만 하면 되나?"

"으음, 아마 그럴 겁니다."

그 물음에 신서진의 눈썹이 들썩였다.

솔직히 말해서, 신서진도 잘은 몰랐다. 지난 오랜 세월 동안 아테나 정도 되는 올림포스의 신이 방패에 봉인되는 일은 없었다.

아마 모두에게 처음일 의식.

신서진은 제우스에게 받은 봉인 해제 주문서를 나무 그루터기 위에 올려놓았다.

주변을 둘러보니, 휑한 나무들과 척박한 땅이 눈에 들어온다.

아테나를 깨울 의식을 치르는 공간이라기엔 더없이 조악한 비주얼이지만, 지금은 찬밥 더운밥을 가릴 때가 아니었다.

모든 세팅을 마친 신서진이 한 걸음 뒤로 물러서 아프로 비안체를 돌아보았다. 이제 저 주문서에 신성력을 실어 넣기만 하면 되는데, 그건 아프로 비안체에게 맡기기로 했다.

그는 별 불만 없이 주문서 앞에 섰고, 두 눈을 질끈 감았다.

그리고는 천천히 제힘을 실어 넣는다.

그리고.

"……!"

파앗—.

번쩍.

파스스…….

주문서가 흔적도 없이 사라지며, 폭발하듯 요동치더니 환한 빛을 내었다.

그것이 방패를 감싸 도는 동안, 강렬한 빛 줄기가 하늘에서 쾅, 떨어졌다.

인적이 드문 곳에 와서 다행이라고 생각할 만큼, 먼 거리에서도 보일 만한 괴이한 광경이었다.

신서진은 양손으로 두 눈을 가렸고.

빛줄기가 희미해질 때쯤에야 천천히 눈을 떴다.

"어… 어……."

방패가 있던 자리에 익숙한 얼굴이 누워 있었다.

그 모습을 확인한 아프로 비안체의 얼굴이 환해졌다.

"아테나!"

그는 아테나의 이름을 부르며 한달음에 달려갔다.

신서진은 두 팔을 휘휘 저으면서 아프로 비안체를 따라 발을 떼었다.

그렇게 아테나의 얼굴을 확인한 순간.

입가에 걸려 있던 미소가 사라지고 말았다.

"……."

미동조차 없이 누워 있는 아테나.

미약하게 느껴지던 신성력은 오로지 봉인 때문이라 생각했는데, 봉인이 풀린 뒤에도 별반 다를 것이 없다.

제 온전한 힘을 거의 다 잃어버려서, 살아 있는 송장이나 다름없는 상태.

아프로 비안체는 굳은 얼굴로 아테나의 호흡을 체크했다.

"숨은 붙어 있다."

죽진 않았으니 다행이나, 결코 희망적인 상황이라 볼 수 없었다.

아프로 비안체는 그녀의 상태를 빠르게 판단했다.

"동면 상태다."

마치 겨울잠을 자는 동물처럼, 그리 누워 있을 뿐이다.

아마도 그녀의 겨울잠은 몇 년이 될지, 몇십 년이 될지, 몇백 년이 될지 모를……. 아주 긴 시간이겠지.

아테나의 힘을 모조리 뺏어 버리고 그녀를 봉인해 버렸다.

오랜 세월 동안 약해진 아테나라 해도 결코 쉬운 일이 아니었을 텐데.

남이석의 단독 소행이라기엔, 너무 미심쩍은 부분이 많았다.

지금이라도 당장 아테나를 깨워서, 누구에게 습격을 받았는지 알아내야 했다. 신서진은 다급한 목소리로 물었다.

"억지로 깨우는 건 안 될까요?"

그게 가능했다면 좋겠지만, 아프로 비안체는 고개를 저었다.

"철저하게 조치를 취해 놨군."

저대로라면 언제 깨어날지 모른다.

방패에 그녀를 1차적으로 봉인하고, 설령 방패의 위치를 들킨다 해도 꼬리를 밟히지 않도록 최선을 다했다.

그렇다면 일단 확실한 쪽부터 족칠 수밖에.

아프로 비안체는 싸늘한 목소리로 신서진에게 물었다.

"일단 한 놈은 이정식품이라고 했지?"

"남이석 대표 말입니까?"

"그래, 본사 터뜨릴 수 있나?"

본… 사…….

"예?"

"아니면 불 지를까?"

"아니, 잠깐만."

결론이 왜 또 이쪽으로 흘러가는데!

"거기는 민간인밖에 없을걸요?"

신서진은 다급히 아프로 비안체의 팔을 움켜쥐었다.

이미 두 눈이 돌아간 듯하다.

아프로 비안체는 짜증 섞인 목소리로 중얼거렸다.

"민간인… 그래, 민간인……."

걔네는 아무 죄가 없으니까.

대신.

"대표 놈은 잡아 족쳐야겠지."

자, 그럼 어디로 가야 할까.

*   *   *

다음 날 아침이었다.

SW 엔터의 연습실. 신서진은 일찍부터 출근해 기지개를 켜며 몸을 풀고 있었다.

오전은 안무 수업이었다.

〈Live on air〉 안무 시안이 나온 만큼, 오늘은 거의 하루 종일 안무를 배우는 데 올인할 것 같았다.

어제 새벽, 그렇게 아테나를 깨우고 나서 그녀를 데려간 건 아프로 비안체였다. 디오니소스가 방패를 잃어버린 뒤로, 웬만하면 자신이 직접 아테나를 챙기고 싶었지만 상황이 여의치 않았다.

당장 몇 주 뒤가 컴백인 데다 소화해야 할 스케줄이 너무 많다.

아테나를 제대로 지킬 수도 없을 뿐더러, 아프로 비안체가 지닌 힘을 생각하면 그쪽으로 보내는 것이 더 마음이 편하다.

'이정식품 대표를 찾아가겠다고 했었지.'

아프로 비안체는 놈을 족치겠다는 계획을 세웠고, 시간이 되는 대로 이정식품 본사를 습격할 생각인 것 같았다.

남이석은 아프로 비안체의 상대가 될 수 있을까.

신서진은 고개를 저었다.

"족쳐지겠지."

아프로 비안체는 결코 자만하지 않았다. 둘을 직접 대면해 본 신서진은 본능적으로 힘의 우위를 알 수 있었다. 남이석의 힘이 자신을 압도한다 할지라도, 아프로 비안체가 훨씬 세다.

아프로 비안체가 한국에 올 거라는 건 남이석이 예상하지 못한 바였겠지.

아테나의 방패를 빼앗긴 것 또한 남이석이 원하는 대로 상황이 흘러가고 있지 않다는 방증이었다.

"이제야 뭐가 제대로 좀 돌아가는 것 같아."

신서진은 그렇게 중얼거리다가, 고개를 돌렸다.

핸드폰에 머리를 줄곧 박고 있던 허강민이 저를 불렀기 때문이었다.

"신서진, 너 이거 봤어?"

"뭔데?"

유니비의 공식 정보통인 최성훈과 다르게, 허강민은 웬만한 일에는 호들갑을 떨지 않는 편이었다. 그런 애가 스크롤을 슥슥 내리더니, 신서진에게 뉴스 기사 하나를 보여 주었다.

"이거, 이거 봐 봐! 뭔 일 난 거 같은데?"

[이정식품 주가 폭락, 남이석 대표 잠적에 초비상?]

연일 상승세를 달리고 있던 이정식품의 주가가 폭락했다.

지난 27일, 갑작스레 자취를 감춘 남이석 대표는 현재도 모습을 드러내지 않고 있다.

현 시각 실종 신고가 접수되었고, 이 사실어 알려지면서 이정식품의 주가가 빠르게 떨어지고 있다.

특별한 이유 없이 사라진 만큼, 일각에서는 남이석 대표의 신변에 문제가 생긴 것이 아니냐는 추측이 일고 있다.

신서진은 떨떠름한 표정으로 허강민의 휴대전화를 건네받았다.

기사의 내용은 신서진이 봐도 실로 충격적이었다.

"주가 폭락……. 남이석 대표 잠적……?"

"왜, 무슨 일이야?"

두 사람의 분위기가 심상치 않다고 느꼈는지, 이유승이 귀를 쫑긋거리며 물었다. 허강민은 심각한 표정으로 이유승의 물음에 답했다.

"우리가 광고했던 이정식품. 오늘 주가 폭락했는데?"

"응?"

"대표가 사라졌대. 아니, 잠적해 버렸대."

신서진은 자세를 고쳐 앉으며 기사를 다시 읽었다.

두 번 봐도 분명하다.

남이석 대표가 하룻밤 사이에 갑자기 사라져 버렸다.

이정식품 직원들조차 그의 행방을 모른다.

아프로 비안체가 남이석을 족치는 데 성공했다거나, 그를 붙잡아 두고 있는 상황이었다면 좋았겠지만.

그랬으면 자신이 몰랐을 리 없다.

"허."

남이준에게 대강의 상황을 들었을 테고, 눈치 빠르게 잠적해 버렸다.

제 상대가 되지 않을 거 같으니 빠르게 치고 빠진 건가.

신서진은 이를 갈면서 한숨을 내쉬었다.

"쥐새끼처럼 튀었구만."

"뭐?"

"아, 아니야."

잘못 들었다고 생각하며 두 눈을 끔뻑이는 허강민에게, 신서진은 손사래를 치며 고개를 살며시 저어 주었다.

*　　　　　*　　　　　*

아니나 다를까.

점심시간이 끝나자마자, 아프로 비안체한테 문자가 와 있었다.

이러려고 준 전화번호는 아니었는데, 현대 문물에 너무 익숙해져 버린 아프로 비안체는 신스타그램 대신 메신저를 사용하기 시작했다.

[사진]
[사진]

시답잖은 개그 짤을 매번 보내는가 하면.

오늘 저녁은 뭘 먹었는지 따위의 것들을 주로 보냈다.

메시지는 없었다. 전부 제 사진이다.

하지만, 오늘은 예상대로 메시지가 하나 딸랑 와 있었다.

그만큼 다급한 사안이었다.

[봤냐. 쥐새끼가 튄 거?]

어쩜 생각하는 게 이리도 똑같을까.

신서진은 헛웃음을 터뜨리며 비안체의 문자에 답장했다.

[잡으실 건가요?]
[무조건 잡아야지]
[어떻게 잡을 건데요.]
[어차피 오래 숨진 못할 텐데.]

"일리 있네."

남이석 대표가 일반인도 아니고, 대중에도 얼굴이 팔린 사람이다.

무슨 범죄자처럼 경찰에 쫓기고 있는 상황은 아니라 해도, 이정식품의 주주들이 그를 찾기 위해 혈안이 되어 있을 터였다.

아프로 비안체의 말대로, 오래 숨어 있기에 용이하지 않은 상황이다.

[모습을 드러낼 때 족치면 되지.]

예나 지금이나 참으로 화끈한 성격이다.

신서진은 혀를 내두르면서 휴대전화를 집어넣었다.

마음 같아서는 아프로 비안체와 대책을 조금 더 세우고 싶었지만, 지금은 수업을 들어야 할 시간이었다.

컴백이 얼마 남지 않은 기간.

빠르게 안무를 익혀야 뮤비도 찍을 테고, 연습도 본격적으로 들어갈 테니까.

힘을 얻으려고 시작했던 일일 뿐인데.

이제는 이게 우선이 되어 버렸다.

신서진은 그 아이러니함에 피식 웃으면서 휴대전화를 집어넣었다.

이번 〈Live on air〉의 안무를 맡아 주셨다는 안무가 선생이 들어올 시간이었다.

"어, 오셨다."

발소리가 들렸는지 최성훈이 귀를 쫑긋 세웠고, 신서진은 똑바로 서서 문 쪽을 응시했다.

벌컥―.

마침 연습실의 문이 열렸고.

"어, 오랜만이다."

익숙한 음성을 들은 유니비 멤버들의 두 눈이 커다래졌다.

이어서 들어온 것은 자신도 아주 잘 알고 있는 얼굴.

신서진은 눈썹을 들썩이면서 그에게 시선을 고정했다.

최성훈은 짧은 탄성을 뱉었다.

"엇, 쌤!"

이전 서울예고에서 만났던 유명 안무가, 한재규 선생이었다.

*　　　　　*　　　　　*

한재규 선생은 반가운 얼굴들을 보자마자 손을 흔들었다.

서울예고의 임시 선생으로 잠깐 지냈던 한재규 선생이었다.

개인적으로 신서진을 되게 마음에 들어 하면서 지도 선생을 자처했는데…….

'주영준 선생에게 밀려 버렸지.'

당연히 저를 선택할 줄 알았건만, 주영준 선생에게 밀리면서 적잖이 상처를 받았더랬다.

뭐, 그런 얘기는 이제 다 옛말이 되었고.

이렇게 데뷔 클래스 애들을 다시 보게 되니 감회가 남다르다.

유니비 전체 멤버들이 서울예고 출신이니만큼, 한재규 선생과는 모두 안면이 있었다. 직접 수업을 들은 사람도 있고, 아닌 사람도 있겠지만 단지 그 차이일 뿐.

한재규 선생은 서울예고에서 평판이 좋은 편이었다.

허강민은 들뜬 목소리로 말을 뱉었다.

"와, 쌤. 진짜 오랜만에 뵙는 거 같은데요."

"이번에 저희 안무 맡으시는 거예요?"

한재규 선생은 흐뭇하게 웃으며 고개를 끄덕였다.

"그렇게 됐다."

탑 티어 안무가.

유명한 가수들의 안무를 수도 없이 맡아 온 한재규 선생이었다. 안무가로서의 그의 커리어는 이미 최상이고, 유니비의 곡을 맡는 것 또한 그저 커리어 중 하나에 불과할 테지만…….

한재규 선생은 긴 연차답지 않게 들떠 있었다.

"이번에 너네 노래 정말 좋던데?"

이미 녹음은 끝났고, 고선재 매니저를 통해서 〈Live on air〉 임시 음원을 건네받았다.

들어 보니 정말 좋더라.

안무를 짜는 내내 귀가 즐거워서, 그런 확신이 들었다.

"이번에 열심히 준비해 보자. 내가 봤을 땐 너네 이 곡으로 뜰 것 같다."

"…벌써부터 그렇게 설레는 말씀을?"

최성훈은 그 말을 능청스럽게 받아쳤다.

오랜만에 보는 건데도 참 그대로구나.

한재규 선생은 기분 좋게 웃으며 말을 이었다.

"내가 보내 줬던 영상은 미리 봐 뒀지?"

"네, 봤습니다."

"이번에 안무 정말 죽이던데요."

진지하게 입을 뗀 건 이유승이었다.

메인 댄서답게 그가 가장 먼저 예리하게 체크한 것은 단연 안무였다.

"이번에 시각적으로 되게 다양한 안무가 뽑힌 것 같아서 좋아요."

"맞아요, 동선도 되게 특이하고. 저 보자마자 조금 감탄했어요."

한재규 안무가 특유의 변화구.

포인트가 될 만한 안무를 감각적으로 뽑아내었다.

"쌤, 최고예요."

"캬, 역시 한재규!"

"야, 얀마. 조용히들 해!"

유니비 멤버들의 칭찬이 쏟아지자, 한재규 선생은 부끄러운 듯 헛기침을 했다. 귀는 빨개졌는데 티를 내고 싶진 않았는지, 말을 다급히 돌려 댄다.

"너네 그렇게 말해 놓고 연습 제대로 안 해 왔으면 혼난다."

"……."

"성훈아, 왜 도망가냐?"

한재규 선생은 은근슬쩍 뒷걸음질을 치는 최성훈을 향해 손짓했고, 입꼬리를 씨익 올렸다.

"너는 맨 앞자리에서 춰 보자."

"아아아아악……."

최성훈의 절규와 함께 오후 수업이 시작됐다.

*　　　　　*　　　　　*

"원 투, 원 앤 투. 그래, 거기서 바로 치고 들어가면 되는 거야!"

짝. 짝. 짝.

손뼉으로 박자를 맞춰 가면서 유니비의 안무를 체크해 주는
한재규 선생. 미리 연습해 왔다는 게 빈말은 아니었는지, 진도
가 상당히 빠르게 나가고 있었다.

한 번씩 다 춰 봤다고 했으니, 안무를 아예 새로 알려 줄 것
없이 부족한 부분만 짚어 주면 된다.

자유로운 의견도 오고 갔다.

주로 댄스에 특화된 이유승과 차형원의 제안이었는데.

"여기서 동선이 저랑 성훈이랑 크로스 되잖아요. 그러면서
조금 부딪힐 수도 있을 것 같아서요."

"동선이 꼬인단 말이지?"

"제가 저쪽 끝에서 이쪽 끝까지 한 번에 가야 하니까. 시간
적으로 조금 여유가 없어요."

"어, 그래. 그 파트 동선 좀 바꿔 보자."

한재규 선생은 그런 유니비의 의견을 적극 수용했다.

안무를 만드는 것은 한재규 선생이지만, 그걸 조율하는 것은
늘 아티스트와 함께다.

항상 자신이 머릿속에 그렸던 대로 동선이 뽑히는 건 아니

라, 첫 번째 연습 때 항상 맞춰 봐야 하는 부분이었다.

현재로서는 상당히 순조롭다.

'일사천리로 가는데?'

서울예고에서 봤던 그 애들이 맞나 싶을 정도로, 어느덧 프로의 향기가 난다. 진지한 눈빛에서는 음악에 대한 진심도 느껴졌다.

특히 최성훈.

서울예고에서 그렇게 헤벌쭉하고 다니던 꼬맹이가 맞나 싶을 정도였다.

솔직히 말해서 최성훈이 춤에 재능이 있는 편은 절대로 아니었는데, 노력이 사람을 만든다고, 이젠 실력이 수준급으로 늘어 있었다.

열정도 좋고.

"잘 컸다, 잘 컸어."

앗.

한재규 선생은 저도 모르게 속마음을 뱉었다가 입을 가렸다.

나름 작게 중얼거린 것인데, 그 말을 들었는지 최성훈이 낄낄대면서 웃었다.

"쌤, 저 키도 컸는데요."

"한창 성장기일 때지. 그래, 좋겠다."

"쌤도 클 수 있지 않을까요!"

"줄지나 않길 걱정해야 한다."

한재규 선생은 웃음을 터뜨리며 안무 연습을 대강 끝내었다.

그때, 그의 시선이 신서진에게 닿았다.

최성훈과 비슷한 느낌의 녀석. 연습 외의 시간에는 왠지 맹해 보이는데, 연습만 시작했다 하면 진지해지는 신서진이다.

오늘도 한재규 선생이 시키는 대로 처음부터 끝까지 연습에 충실했다.

그런데.

자신이 알고 있는 신서진의 이미지와는 살짝 이질감이 드는 것이다.

'기분 탓인가?'

분명 수업에 집중하고 있는 것 같으면서도 정신은 다른 곳에 팔려 있는 느낌.

"서진아."

한재규 선생은 그의 이름을 나직이 불렀다.

그때, 신서진의 눈빛이 돌아왔다.

한재규 선생의 눈길을 눈치챈 건지, 신서진은 멋쩍게 웃어 보였다.

"아, 죄송해요. 잠시 멍때렸네요."

"아, 아니다. 열심히 했어, 오늘."

잠깐 넋을 놓고 있었을 뿐, 열심히 한 건 사실이라 더 타박을 놓기도 애매했다.

한재규 선생은 그리 둘러대며 마무리했지만.

'여전히 정신이 팔려 있는데.'

오늘따라 애가 좀 이상하다는 생각을 지울 수가 없었다.

*   *   *

오전에는 안무 시안을 보고 연습했고, 오후에는 한재규 선생과 내리 안무를 맞춰 보았다.

아침부터 밤 늦게까지 연습만 하다가 돌아왔으니 기진맥진할 수밖에 없다.

숙소에 도착하자마자 이유승, 차형원, 허강민. 세 사람은 방에 들어가 뻗어 버렸다.

거실에 남은 건 최성훈과 신서진뿐이었다.

최성훈은 혀를 차면서 신서진을 돌아보았다.

"오늘 애들 엄청 피곤했나 봐. 강민이 들어가자마자 곯아떨어지더라."

"그럴 만도 하지."

"……."

최성훈은 왠지 모를 이질감을 느끼며 두 눈을 끔뻑였다.

"야, 신서진."

"…응?"

"아, 아니야."

원래도 맹한 애는 맞지만, 오늘따라 유독 더 맹해 보인다.

무슨 일 있었나?

요새 스케줄이 힘들어서 그런건가?

한재규 선생이 느꼈던 이질감을, 최성훈 역시 똑같이 느끼는 중이었다.

최성훈은 미간을 찌푸리며 중얼거렸다.

"애가 어째 영혼이 없는 거 같냐."

신서진은 그게 무슨 말이냐는 듯 맹한 눈빛으로 최성훈을 올려다보았고, 최성훈은 혀를 끌끌 차며 고개를 저었다.

제아무리 신서진이라 해도 체력이 만능인 건 아닐 텐데, 오늘의 스케줄은 확실히 신서진도 곯아떨어지게 만들 수준이었다.

넋을 놓은 맹한 눈빛.

아무래도 애가 힘들어서 저렇게 된 게 맞는 것 같다.

집 나간 영혼을 돌아오게 하려면…….

방법이 하나 있지.

최성훈은 씨익 웃으며 딱, 손가락을 튕겼다.

"야식 먹을까?"

"뭐?"

신서진은 미간을 찌푸리며 되물었다.

"야식……?"

"쉿."

최성훈은 목소리를 낮추고선 부엌을 손으로 가리켰다.

어차피 애들 몰래 먹으면 아무도 모를 테고.

요즈음 팀장님의 감시도 떨어졌으니…….

저번에 몰래 꿍쳐 둔 라면 한 봉지가 있었다.

최성훈은 두 눈을 반짝이며 조심스레 물었다.

"라면 끓여 먹을래?"

그리고.

최성훈의 생각은 옳았다.

"와."

집 나간 신서진의 영혼이 즉각 돌아왔다.

뜨거운 김이 올라오는 냄비.

최성훈은 젓가락으로 라면을 휘휘 저으면서 식혔다.

신서진은 차례를 기다리며 침을 꼴깍 삼켰다.

진작에 자러 들어간 멤버들이 깨지 않도록 조용히 먹고, 조용히 치우기로 합의를 끝냈다.

몰래 먹는 야식이 가장 맛있다더니, 사실이었다.

신서진은 침을 삼키며 라면을 한 젓가락 떠 올렸다.

그리고.

후루루룩.

면발을 치면서 넘긴다.

곧이어, 신서진의 입에서 탄성이 튀어나왔다.

"와."

집 나간 영혼이 완전히 복귀했다.

신서진은 엄지손가락을 치켜올리며 감탄했다.

매번 느끼지만 이 마법의 수프. 이것만 넣으면 모든 게 맛있어진다던 [야너인싸]의 꿀팁은 사실이었다.

'아, 그거 다 사기였지.'

아폴론에게 사기당한 건 맞지만, 그 구절만큼은 사실이 맞는 듯하다.

신서진은 후루루룩, 빠르게 면을 넘겼다.

한창 배고플 시간 밤 12시.

이때 먹는 라면이라 그런지 평상시보다 더 꿀맛이었다.

하지만, 몰래 먹고 있다 보니 걸리는 게 하나 있는데…….

신서진은 목소리를 낮추면서 최성훈에게 물었다.

"설마, 이 시간에 매니저님이 오진 않으시겠지?"

"에이, 설마."

물론 자고 있는 멤버들 몰래 먹고 있는 건 사실이지만, 그쪽은 걸려도 큰 문제가 없다. 라면 한 젓가락 쥐어 주면 공범이 되는 거다.

야식을 먹겠다는 마음가짐 하나는 같을 테니까 어디에 말하지도 않을 테고.

하지만, 고선재 매니저는 다르다.

걸리면 한성묵 팀장에게 직행. 얼마나 달달 볶아 댈지 아찔해지는 것이다.

최성훈은 말도 안 되는 걱정이라며 피식 웃었다.

"야, 매니저님도 지금은 퇴근하셨어."

물론 고선재 매니저가 이 근처에 있는 매니저 숙소에서 종종 잠을 잔다는 얘기를 들은 적은 있지만……. 그건 그거고, 이 늦은 밤에 일하러 여길 올 리가 없지 않나.

최성훈의 말을 듣고 보니 맞는 것 같았다.

신서진은 라면 국물을 한 숟가락 떠 마시면서 나름 안심했다.

"…맞는 말이네."

그때, 신서진을 따라 국물을 홀짝거리던 최성훈이 물었다.

"아, 나 너한테 궁금한 거 있었는데."

"뭐?"

"뭔 일 있었어? 오늘 온종일 정신 팔고 있던데?"

아까 낮에 한재규 선생도 지적했던 내용이었다.

몸은 열심히 움직이고 있고, 수업도 괜찮게 듣고 있는 것 같은데.

영혼이 다른 곳에 가 있는 것 같다는 말.

"영혼을 어디다 두고 왔어?"

신서진은 그 물음에 심각하게 대답했다.

"유체 이탈은 할 줄 모르는데."

그게 됐다면 폴리모프를 할 필요 없이 아프로 비안체의 호텔에 왔다 갔다 했을 것이다.

신서진은 목소리를 낮추며 물었다.

"너는 할 줄 알아?"

"무슨 소리를 하는 거야?"

"못 한다니 아쉽게 됐어."

이래야 신서진이지. 최성훈은 떨떠름한 표정으로 굳어 있다가 피식 웃었다. 그럼에도 여전히 궁금하기는 했다.

"진짜 아무 일 없었냐?"

"으음……."

사실 별일은 없었다.

어젯밤부터 지금까지 깊은 생각에 잠겨 있었을 뿐이다.

모든 일이 남이석의 단독 소행이 아님을 증명하고 있다.

아프로 비안체는 그리 추측했고, 신서진 역시 생각이 비슷했다.

그렇다면 남이석과 손을 잡은 존재가 누구일까?

그걸 알아내야 했다.

신서진은 라면 국물을 호로록 들이켜면서 최성훈에게 물었다.

"인간들은 감을 믿는 편인가?"

"감?"

최성훈은 신서진의 뜬금없는 질문에도 골똘히 생각했다.

별 이유 없이 던진 말은 아닌 것 같아서였다.

최성훈은 턱을 쓸어내리면서 진지하게 대답했다.

"아무래도 믿는 편이지. 사람이 느낌이라는 게 있잖아."

느낌.

그래, 느낌.

신서진은 예언의 신이 아니지만은, 가끔 섬뜩할 정도로 감이 들어맞을 때가 있었다.

그럼에도 이번의 '느낌'은 스스로가 생각해도 너무 억측인 것 같아서.

신서진은 계속해서 부정하고 있었다.

"그렇다면 이건 좀 다른 얘기인데. 정말 만약에, 만약에 말이야. 네가 도둑질을 당했다고 생각해 봐."

"응."

"그 도둑이 너일 수도 있나?"

"음?"

최성훈은 신서진의 말에 두 눈을 끔뻑였다.

다시 한번 곱씹어 생각해 보아도……

"그게 뭔 미친 소리야?"

이해가 되지 않는다.

최성훈을 귀를 후비적대면서 인상을 찌푸렸다.

"미안한데, 다시 한번만 말해 줄래?"

"에이, 됐다."

"야, 무슨 말을 하다 말아!"

"이미 다 말했어!"

신서진은 툴툴대며 라면 국물을 마저 들이켰다.

"치우기나 합시다."

혹시나 멤버들이 깨기 전에 조용히 치워야 했다.

*　　　　*　　　　*

같은 시각.

태평하게 라면 국물이나 들이켤 수 있는 사람이 있는가 하면.

방구석에 박혀 덜덜 떨고 있는 인간도 있었다.

남이준은 두 눈을 질끈 감았다.

이미 한 차례 폭풍우가 지나갔다.

죽을 뻔한 고비를 간신히 넘겼다고 생각했는데…….

남이석이 찾아왔다.

남이준은 그를 보자마자 뒷걸음질을 쳤으나, 그대로 목덜미가 잡혀 버리고 말았다.

"형… 형이 왜 여기에… 억!"

쿵!

남이석의 발길질에 남이준은 그대로 날아가 벽에 처박혔다.

"허억… 헉."

명치를 세게 얻어맞아서인지.

순간, 숨을 쉴 수 없었다.

서늘한 감각이 등골을 타고 올라왔다.

"으… 으으……."

남이준은 떨리는 손으로 휴대전화를 향해 손을 뻗었다.

당연히, 그걸 본 남이석이 가만히 있을 리 없었다.

"으아아아아악!"

남이준은 외마디 비명을 내지르며 엎어졌다.

아프로 비안체와 신서진은 무사히 떠나보냈건만, 더 무서운 존재가 제 앞에 있었다.

남이준은 파르르 떨면서 머리를 손으로 감싸쥐었다.

"으… 으으으윽……."

남이석은 그런 제 동생을 싸늘한 눈빛으로 내려다보았다. 일 말의 감정조차 담겨 있지 않은 건조한 눈빛. 마치 그 시선이 제 심장을 꿰뚫는 듯하다.

"동생아."

남이준은 그 한마디에 고개를 격하게 끄덕였다.

이 상태에서 심기를 더 거슬렀다가는 정말 어떻게 될지 모 르므로, 실로 간절한 고갯짓이라고 할 수 있었다.

하지만, 이미 남이준은 돌이킬 수 없는 강을 건너 버린 상황 이었다.

"너는 이게 장난 같냐?"

남이준은 다시 격하게 고개를 저었다.

붉게 충혈된 눈은 이미 공포에 질려 있었다.

방패의 행방이 어떻게 된 건지, 누가 이 방을 다녀갔는지.

남이석은 자신에게 조금도 묻지 않았다.

하지만, 저 살벌한 눈빛으로 보아 이미 모든 걸 다 알고 왔음은 분명해 보였다.

남이준은 이를 악문 채 주먹을 움켜쥐었다.

아프로 비안체…….

제 형을 가뿐히 이길 수 있다고 호언장담했던 그 신.

차라리 신서진과 아폴론이 남이석을 박살 내 주길 바랐다.

그런 이유로, 일부러 그 둘이 남이석 대표를 찾고 있다는 사실도 말하지 않았다.

하지만, 남이석의 서늘한 눈빛은 이미 남이준의 모든 뜻을 꿰뚫고 있었다.

그의 능력은, '간파'였으니까.

"배신을 할 거였으면, 도망이라도 치지 그랬냐."

"……."

"병신 같은 것."

남이석은 담배를 입에 물면서 욕지거리를 뱉었다.

놈이 멍청하게 틈을 보이면서, 아프로 비안체에게 꼬리가 밟히고 말았다.

남이석은 이미 신서진의 앞에서 본심을 드러내었다.

아테나의 방패가 아니었어도 어차피 언젠간 이리 될 일이었으니, 놀라울 건 없었다.

신서진이 힘을 키우는 동안 자신 역시 가만히 있지만은 않았을 테니까.

하지만, 아프로 비안체가 한국에 들어온 것이 남이석에겐 뜻

밖의 변수였다.

거기서부터 일이 꼬이기 시작했다.

"후우……."

남이석은 숨을 뱉으며 인상을 찡그렸다.

아프로 비안체는 현존하는 신 중 가장 강할 것이다.

이유는 단순하다.

가장 유명하니까.

'존경받는 인물이지.'

아폴론은 다른 올림포스 신들보다도 이른 시점에 인세(人世)로 내려온 편이었다.

작곡으로로 유명세를 얻어 빠르게 힘을 축적했고, 이전의 영광만큼은 아니어도 일부의 힘을 회복한 상태였다.

"아주 곤란해졌어."

현실적으로 아프로 비안체의 추측이 맞다.

남이석은 그만큼 강하지 않으니, 이 시점에서 마주치게 된다면 뼈도 추리지 못할 것이다.

당분간은 아폴론으로부터 도망다니면서 동태를 살펴야 하는 실정이 되었다.

그리고, 이런 상황을 만들어 낸 장본인.

남이준에게 모든 분노가 향했다.

"방패를 털려? 그 자리에서 뒈져 버리는 한이 있더라도 네놈이 내주지 말았어야 했던 게 그 방패야."

저벅저벅.

남이석은 고개를 숙인 동생에게 한 걸음, 가까이 다가갔고.

제자리에 얼어붙어 버린 녀석의 머리칼을 움켜쥐었다.

서늘한 음성이 남이준의 귓가에서 속삭였다.

"동생아, 너 때문에 내 모든 계획이 일그러졌으니. 그 책임은 네가 져야겠지."

배신이나 할 궁리를 하고 있는 쓸모없는 놈.

방해가 될 것이라면, 죽여 버리면 그만이다.

남이석은 한 손으로 녀석의 목을 움켜쥐었다.

이번에는 정말이지 죽여 버릴 생각이었다.

"커억……!"

그의 악력이 제 목을 조이자마자, 남이준은 발버둥 치며 그 손아귀를 빠져나가려 했다.

조명을 떨군 뒤, 신서진에게 붙들렸을 때보다 몇 배로 강한 악력이다.

금방이라도 정신이 아득해질 것처럼 목이 저려온다.

'진짜… 진짜 죽을 거야.'

"으… 으으윽……."

남이준은 본능적으로 제 형을 밀쳐내면서 발을 굴렀고.

남이석이 마침내 그를 끝내 버리려던 순간.

우우웅―.

전화벨이 요란하게 울렸다.

그 타이밍이 남이준을 살렸다.

"누구야?"

남이석은 고개를 돌려 발신인을 확인했다.

그리고, 차갑게 식어 있던 남이석의 두 눈에 광채가 돌았다.

"아."

툭.

남이석은 목을 조르고 있던 손을 놓았고.

"허억… 허억……."

남이준은 바닥에 엎어지면서 다급히 숨을 몰아쉬었다.

그리고는 공포에 질린 눈으로 제 형을 올려다보았다.

'죽을 뻔했어… 정말 죽을 뻔했다고…….'

방금 전까지 살기가 가득했던 남이석의 입꼬리에 미소가 걸려 있었다.

그의 시선이 음성메시지가 흘러나오는 전화기로 향했다.

─곤란한 상황일 텐데, 지낼 곳을 마련해 주지.

＊　　　＊　　　＊

"꼬리표 나왔습니다, 꼬리표!"

2학년 A반의 새로운 반장.

연예 활동으로 바쁜 허강민을 대신해 2학기 반장에 오른 뉴페이스가 양손 가득 성적표를 펄럭이면서 반 애들 사이를 누비고 있었다.

지난번에 본 중간고사 성적표였다.

"……!"

그 한마디에, 책상 위에 엎어져 있었던 신서진은 벌떡 고개를 들었다.

어젯밤 늦게까지 뮤비 촬영을 하느라 한창 졸릴 시각이었다.

아무리 그래도 성적표는 봐야지.

"성적표 나왔어?"

"뭐야, 왜 이리 빨리 나와?"

신서진의 옆에서 졸고 있던 최성훈 또한 사색이 된 얼굴로 일어났다.

아직 마음의 준비가 되지 않은 건 두 사람 다 마찬가지인데…….

최성훈은 가슴을 쓸어내리며 심호흡을 했다.

"후하후하."

"응?"

"후… 하… 후하……. 야, 너도 빨리 해. 점수 잘 나오길 기도하면서."

"후… 하후하……."

신서진은 거친 숨을 들이쉬고 내쉬면서 최성훈을 따라 했다. 간절한 기색이 역력한 모습이었다.

최성훈은 의외라는 듯 신서진을 돌아보며 물었다.

"야, 너도 긴장해?"

"너… 너무 떨리는데."

정말이지 신서진답지 않은 대답이다. 최성훈은 신서진의 말이 진심인지 아닌지, 눈빛으로 떠보려는 듯했지만 신서진은 정말 진지했다.

공부를 못하면 졸업을 시키지 않겠다.

새로 취임한 교장의 폭탄선언이 이어진 뒤로 진행된 첫 시험이었기에, 대부분의 학생들이 뼈를 갈아 넣었을 것이었다.

"야, 빨리 좀 줘!"

"반장!"

모두가 정도의 차이는 있겠지만 잔뜩 긴장한 얼굴로 뉴 페이스의 꼬리표를 기다리고 있었고.

마침내…….

툭―.

뉴 페이스가 자신에게 꼬리표를 던져 주고 갔다.

"어억!"

신서진은 그 종잇장에 맞은 것처럼 괴상한 탄식을 뱉었다.

웬만한 무대에서도 떨지 않았던 신서진이다.

그런데, 이게 뭐라고.

신서진의 손끝이 파르르 떨리고 있었다.

다시 한번 해 보자.

최성훈의 심호흡.

"후하후하……."

신서진은 가슴에 손을 얹고선 중얼거렸다.

"졸업… 졸업해야 해……."

힘을 모으는 데 있어서 이제는 필요가 없어져 버린 졸업장이지만, 신서진에게는 다른 의미로 소중했다.

강현과 그렇게 싸우면서! 기타를 안고 뒤로 뛰면서까지, 그리 간절하게 지켜 낸 서울예고 졸업장이다.

시험을 못 봐서 졸업장이 날아간다고?

이건 자존심상 도무지 납득할 수 없는 문제였다.

신서진은 두 눈을 질끈 감은 채 천천히 꼬리표를 들어 올렸고.

번쩍, 눈을 떠서 결과를 확인했다.

"국어… 71점."

"수학 83점."

어?

그리고 영어…….

"70점!"

어라?

신서진은 놀란 얼굴로 두 눈을 굴렸다.

자신의 예상보다 훨씬 더 높은 성적대인데…….

아니나 다를까.

한 걸음 뒤에서 초조하게 신서진을 지켜보고 있던 유민하가 탄성을 뱉었다.

"뭐야? 네가 수학 83점이라고?"

"국어도! 국어도 70점대!"

"아니, 너 진짜 엄청 오른 거 아니야? 이, 이게 가능해? 역시 넌 천… 천재야……!"

"천재!"

"꺄아아아악!"

유민하는 신서진은 냅다 부둥켜안았다.

"천재였어!"

"나는 천재였어!"

70점대의 성적으로 천재를 논하는 두 사람.

이게 이렇게까지 좋아할 점수는 아니지만은.

웅성웅성.

"뭐? 신서진이?"

"야, 너 과외받았냐?"

"7점이 어떻게 80점대가 돼? 너, 어디서 뭘 한 거야?"

공부와 등진 놈들이 여간 많은 게 아니라서 그런가. 모두가 그 말에 제법 공감하는 눈치들이었다.

탄성 내지 그 바쁜 스케줄 속에서 그 성적이 어찌 가능했냐는 듯, 경이로워하는 시선들까지 따라붙었다.

제법 호의적인 반응들이 여기저기서 들려왔고, 가장 즐거울 사람은 누구보다 당사자였다.

이 정도면 주영준 선생도 기겁할 성장 속도.

어디 가서 졸업으로 책잡힐 리 없는 성적!

신서진은 입가에 미소를 가득 띤 채 중얼거렸다. 감격에 찬 목소리였다.

"통… 통과했다……."

내가 통과했다고오오!

"와아아악!"

신서진은 행복한 비명을 지르며 제자리에서 튀어 올랐다.

*　　　*　　　*

팔랑—.

종이비행기가 바다처럼 푸른 하늘을 가르며 날아오르고.

샛노란 스포츠카 위에 걸터앉은 신서진이 환한 미소를 짓는다.

높이 뻗은 두 손으로 제 눈을 가리면서, 뜨겁게 쏟아지는 여름의 햇살을 만끽한다.

기분 좋게 불어오는 바람.

신서진은 손에 들린 네잎클로버를 툭, 놓쳐 버리고.

동시에, 네잎클로버는 바람을 타고 날아가 버린다.

푸르른 하늘과 초록빛 내음.

샛노란 스포츠카까지.

원색이 가득한 화면 위로 심장이 뛰는 감각적인 비트가 아주 잠깐.

3초 남짓하게 울려 퍼지면서 SW 엔터테인먼트의 로고가 떠올랐다.

Live on air
09.16. 6.pm.

UNIB comming soon

서하윤은 검게 변한 화면을 보면서 저도 모르게 탄성을 내질렀다.

"와아아아악!"

유니비의 컴백 티저가 SW 엔터 공식 계정에 떴다.

별다른 예고도 없이 불쑥 나타나서 컴백 티저, 그것도 뮤비 티저를 뿌리고 가다니.

노란색 스포츠카를 타고 금방이라도 질주할 듯 푸르른 분위기와 보기만 해도 기분이 좋아지던 색감이 그녀의 머릿속을 헤집었다.

마지막으로 나온 그 비트.

한 소절조차 안 되는 짧은 비트였지만 분명 심장이 말했다.

이건… 된다고.

이번 컴백은 대박이라고!

"꺄아아아!"

서하윤은 다시 비명을 내질렀고, 문밖에서 투덜대는 남동생의 목소리가 들려왔다.

"뭘 잘못 처먹었나. 왜 또 저래."

그러거나 말거나, 이미 잔뜩 흥이 오른 서하윤을 막을 수는 없었다.

첫 번째로 공개된 신서진의 컴백 티저, 직후에 SW 엔터가 올린 티저 공개 일정에 따르면 남은 멤버들 한 명씩 추가로 뮤비 티저가 공개될 예정이었다.

"그러면 노래도 한 소절씩 추가 공개하려나? 빨리 듣고 싶은데 어쩌지……."

애들의 목소리 대신 비트뿐인 반쪽짜리 음원이지만.

듣는 것만으로 미소가 절로 나와서, 서하윤은 비트가 나오는 부분을 열 번이나 넘게 돌려 보았다.

너무 짧아서 감질날 정도였다.

〈Fantasia〉 활동기가 끝날 때쯤 처음으로 입덕해서 아직 팬이 된 지 얼마 되지 않은 서하윤도 이리 호들갑이니. 유니티지의 팬 커뮤니티는 이미 뒤집혀 있었다.

유니B 갑분 티저 뭐야?

19분 전 | 조회 1,842

아 일단 감사합니다. 이번 티저 컨셉 미쳤고요 걍 보자마자 눈물 줄줄 남

그래 이거지 너네 일 잘할 수 있잖아

판타지아도 좋았지만 팬들이 원하는 건 이런 까리한 느낌이었다고

에스떱 팬 된 이후로 진짜 오랜만에 심장 뛰는 컨셉 앨범임

고급스럽게 여기저기 신경 쓴 느낌 나고, 대기업다운 티저랄까. 보자마자 그런 느낌을 받았음

에스떱 직원분들 계신 곳으로 큰절을 올리겠습니다.

—티저 퀄 미쳤어 벌써부터 뮤비 레전드인 게 머릿속으로 그려지고 마지막에 비트 딱 나오는데 와 이건 ㄹㅇ 찢었다 싶더라

ㄴ작곡가 누구인지 아직 공개 안 됐나?

ㄴ비트만 들어도 심장 뛰던데

ㄴ아직 나온 것도 없는데 이번 활동 ㄹㅈㄷ일 것 같은 느낌

—분위기도 미쳤고 비트도 미쳤고 빨리 16일 되어서 풀 버전 보고 싶은 마음뿐

ㄴ유니비가 간다 케이팝 기강 잡아라

ㄴㅠㅠㅠㅠㅠㅠ하 얘들아 성공길만 걸어

ㄴ푸른 하늘 비출 때부터 걍 미쳤다 소리가 절로 튀어나옴

—모처럼 만에 에스떱이 일한다는 느낌 판타지아 때도 물론 곡 너무 좋았지만 이번 곡으로 팀 커리어 한 단계 업할 것 같아

신인인데 벌써부터 색깔 확실히 찾아가는 게 너무 좋다

ㄴ에스떱은 원래 아티스트들 색깔이 뚜렷한 듯

└애들이 실력이 되니까 곡 소화를 너무 잘해 냄

─비트 한 줄씩 합치면 싸비 나올 것 같은데 빨리 다음 티저 나왔음 좋겠다

└분명 고인물들이 이래저래 맞춰 볼 듯

└근데 반 소절만 들어도 좋으면 어캄 ㅋㅋㅋㅋ

└얼마나 레전드를 찍으려고 얘들아

마지막 댓글은 서하윤이 쓴 댓글이었다.

티저부터 이렇게 좋은데 음방 활동이 시작될 즈음엔 좋아서 기절하는 게 아닐까.

주접 가득한 댓글들을 다시 타닥타닥 써 올리려던 그때.

진짜 마지막 한 방이 남아 있었다.

"어? 이건 또 뭐야?"

새로고침과 동시에 새로 뜬 기사.

그 타이틀을 확인한 서하윤의 두 눈이 동그래졌다.

*   *   *

['떠오르는 신인' 유니비의 컴백, 아프로 비안체의 곡으로 돌아온다]

유니터지의 유닛, 유니비의 미니앨범 1집. 'Live on air'의 새로운 콘셉트 티저 영상이 공개되어 화제다.

SW 엔터에서 이번 신곡이 뮤직캠프에서 1위로 선정된, 아프로 비안체의 곡이라는 사실을 밝히면서 새 앨범에 대한 기대감을 더욱 증폭시켰다.

현 대중음악계의 거장으로 평가받고 있는 아프로 비안체가 K-pop 앨범에 참여하는 것은 이번이 처음으로, 상당히 이례적인 일이다.

아프로 비안체의 타이틀곡 'Live on air'를 필두로, 총 5곡이 수록될 유니비의 미니앨범 1집이 기대를 모으고 있다.

라이징 스타 유니비가 글로벌 무대를 향한 도전장을 내민다.

〈연예부 한동우 기자〉

─아프로 비안체라고? 내가 아는 그 아프로 비안체?

ㄴ팝송계의 리빙 레전드 아니심?

ㄴ미친 아프로 비안체를 에스떱에서 섭외했다고? 내가 제대로 보고 있는 거 맞나? 이거 허위 기사 아님?

ㄴ와 이거 공식 오피셜이래요

ㄴㄷㄷㄷㄷㄷㄷㄷ

─지난 뮤직캠프 때 아프로 비안체 참여한다고 작곡가들 사이에서 소문 돌았는데 그거 진짠가 보네

ㄴ이거 소문 돌았었는데 사람들은 잘 안 믿었음

ㄴ거기 간 작곡가들도 비밀 유지 해야 해서 말 아끼고 있었던 듯

ㄴ아프로 비안체가 나왔으면 당연히 1등 해야지 ㅋㅋㅋㅋ

ㄴ어케 섭외했냐 섭외 스킬 미쳤네

─다른 건 둘째 치고 아프로 비안체가 신인 곡 맡겠다고 한 게 진짜 대박이네 정말 뭔가 뭔가 있는 건가

ㄴ그 뭔가 뭔가가 뭐예요?

ㄴ될 각이 보였나 보죠

ㄴ아프로 비안체가 신인 발굴하는 편은 아닌 걸로 아는데 이번

건은 여러모로 참 예외적임 음악 쪽 관심 있는 사람들은 다 비슷한 생각할 듯

　─어쩐지 비트가 남다르더라

　ㄴㅇㅇ 듣자마자 어 이건 된다 ㅋㅋㅋ

　ㄴ풀 버전 너무 듣고 싶음

　ㄴ야 근데 진짜 대단한 거임 그 짧은 소절로 팬들 심장 뛰게 만드는 게 ㄷㄷ 역시 아프로 비안체다

　유니티지 관련 기사라면 눈에 불을 켜고 있는 한동우 기자에게 마케팅 팀이 흘린 내용이었다. 이번 유니비의 신곡에 참여한 작곡가가 다름 아닌 아프로 비안체라고.

　이한나 이사는 혼자 중얼거리며 턱을 쓸어내렸다.

　"반응이 아주 좋은데?"

　아프로 비안체 마케팅. 효과는 있을 거라고 생각했는데 예상보다 더 많은 관심이 쏠렸다.

　본인들의 커리어를 충실히 쌓아 가고 있는 유니비였다.

　하지만, 이번 앨범은 그들에게도 한 단계 도약할 수 있는 기회가 되리란 생각이 들었다.

　이한나 이사는 고선재 매니저를 돌아보며 물었다.

　"애들은 지금 어디 있어요?"

　"아, 지금 숙소에 있습니다."

　기사가 뜬 걸 봤으니 애들도 아마 들떠 있을 것이다.

　컴백도 하기 전에 너무 흥분하는 것도 좋지는 않다.

　"좋은 것도 좋은 거지만……. 애들 적당히 진정시키고, 연습

할 수 있게 해 주세요."

"아, 넵!"

고선재 매니저는 우렁찬 목소리로 대답하다가, 잠시 멈칫했다.

"아, 그런데요."

"네?"

갑자기 기어 들어갈 듯 작아진 목소리.

마치 할 말이 있는 듯 입을 우물거린다.

이한나 이사는 무슨 일이냐는 듯 눈썹을 들썩였다.

"그게 사실…… 서진이가 요새 자주 숙소를 비웁니다."

*　　　　*　　　　*

매니저들의 숙소는 유니비의 숙소와 멀리 떨어지지 않은 거리에 있었다.

고선재 매니저의 취미는 새벽 산책이었고, 꽤 늦은 시각에 그 근처 동네를 돌아다니고는 했다.

그러다 보면 가끔 유니비의 숙소 근처에 갈 때도 있었고.

일부로 보려던 건 아니지만.

후루루룩―.

후루룩―.

애들이 몰래 야식으로 라면을 먹는 장면도 목격했고.

우당탕탕!

'아이고, 일찍 자랬더니만…….'

내일 스케줄이 있다고 했는데도 밤을 새우며 놀고 있는 장면도 목격했다.

하지만, 고선재 매니저는 의리가 있었다.

이 모든 이야기들이 한성묵 팀장의 귀에 들어간다면 갈궈질 것이 분명하니, 알면서도 모른 척 넘어가곤 했다.

그러나, 이번 건은 사안이 조금 달랐다.

신서진은 다른 멤버들이 자는 시각에 자주 숙소를 나서는 편이었고.

보통은 사람이 아닌 동물로 변해서 몰래 빠져나가고는 했지만……

그동안 한 번도 걸리지 않았던 데다가, 매번 상당한 힘을 쓰는 것도 번거롭다 보니.

어느 순간부터는 그런 것에 일일이 신경을 쓰지 않았다.

남이석 대표가 사라진 후에는 아프로 비안체와의 면담이 잦아졌고, 가끔씩은 까먹고 원래의 모습으로 나올 때도 있었는데.

꼬리가 길면 잡히는 법이다.

고선재 매니저는 숙소에서 나오는 신서진을 여러 번 목격하고 말았다.

다른 일이라면 고선재 매니저의 선에서 넘어갈 수 있었겠지만, 숙소 무단 이탈은 심각한 일일 수도 있어서. 조심스럽게라도 이한나 이사에게 보고할 수밖에 없었다.

"그러니까……. 다 늦은 새벽에 몰래 숙소를 빠져나왔다는 거지?"

"산책은 아닌 것 같고 누구를 만나러 가는 것 같았습니다."

"…하."

이한나 이사는 심각한 얼굴로 한숨을 내쉬었다.

늦은 시간 몰래 숙소를 나가서 누구를 만난다.

혹시 이거 설마…….

"얘, 연애하나?"

"예?"

이한나 이사의 혼잣말에 도리어 놀란 건 고선재 매니저였다.

갓 데뷔한 신인이다. 컴백을 앞두고 있는 상황인데 어디에서 사진이라도 잘못 찍힌다? 연애설이 터진다?

그 순간 신인은 바로 나락행이다.

누구보다 그걸 잘 알고 있는 이한나 이사는 착잡한 심정이었다.

"누구 만나러 간 건지 추측되는 거 있어요? 애들 보통 대기실에서 눈 맞으니까, 음방 때 신서진이 대화하던 여자 아이돌이라든가……."

고선재 매니저는 이한나 이사의 말에 다급히 기억을 짚어 보았다.

대기실에서 다른 여자 연예인들을 만난 적이 없는 건 아니지만…….

대화를 나눌 정도로 오랜 시간을 보낸 적 있었나?

인사만 꾸벅 하고선 바로 돌아 나왔던 걸로 기억한다.

더더욱이 신서진은 거의 기계적인 표정이었고.

고선재 매니저는 천천히 고개를 저었다.

"아뇨, 짚이는 것은 없는데요."

"안 그럴 거 같은 애가 속을 썩이네……."

이한나 이사는 한숨을 푹푹 내쉬면서 중얼거렸다.

당연히 신인은 연애 금지다. 하지만, 소속사가 연애 금지를 내세운다고 해서 저 나이 또래의 애들이 연애를 안 하는 것도 아니고…….

일단 SW 엔터는 걸리지만 않으면 된다는 주의였다.

그것도 한창 커리어를 쌓아야 할 신인 시기이니 더욱 그렇다.

연애설이 터지는 걸 막으려면 우선 녀석과 협의를 해야 하고.

회사 차원에서도 말을 맞춰야 할 필요성이 있었다.

이한나 이사는 빠르게 머리를 굴리며 대책을 세웠다.

"그러면 일단 몇 번 나갔는지, 그거부터 봅시다. 그날 어디 간 건지는 서진이한테 직접 물어볼 수밖에 없죠."

"아, 네넵!"

증거가 있으면 마냥 발뺌할 수는 없을 것이다.

유니비의 숙소 앞에는 보안상 CCTV가 설치되어 있다.

고선재 매니저의 말이 맞다면 거기에 증거가 다 담겨 있겠지.

이한나 이사는 의자를 당겨 앉으며 말했다.

"한번 봅시다."

*   *   *

CCTV의 화질이 좋지는 않아도 신서진의 얼굴을 분간하는 수준으론 충분했다.

불과 어제, 신서진은 숙소에서 자리를 비웠다.

"어… 어! 저기 나오는데요?"

고선재 매니저는 저도 모르게 흥분한 목소리로 말을 뱉었다.

새벽 3시. 조용히 발소리를 죽이면서 걸어 나온 신서진이 주변을 두리번거린다.

그러고는, 안심한 듯 그대로 문 밖으로 나섰다.

다른 멤버들은 모두 자고 있을 시각이었다.

이한나 이사는 아랫입술을 잘근거리며 말을 뱉었다.

"누가 봐도 산책하러 나가는 모습은 아니네요."

은근히 눈치를 살피는 것이, 아무리 봐도 몰래 빠져나가는 모습 그 자체였다. 이한나 이사는 이마를 짚으며 빠르게 시간을 건너뛰었다.

새벽 3시에 나갔으니 돌아오는 것도 꽤 늦은 시각일 터.

복귀하는 건 몇 시쯤이었는지 확인해 볼 필요가 있었다.

이한나 이사는 빨리감기로 시간을 넘겼다.

그렇게 한 시간, 두 시간. 세 시간. 네 시간…….

애들이 다 일어날 시간인 7시가 되었는데도 신서진은 돌아오지 않는다.

뒤에서 잠자코 그 영상을 보고 있던 고선재 매니저가 고개를 갸웃거렸다.

"어? 들어와야 할 시간인데?"

분명 애들도 다 깼을 텐데, 멤버들도 신서진이 자리를 비운 건 다 알고 있었던 건가?

그게 아니라면 저렇게까지 안 들어올 리가 없는데?

시간은 더 지나고 지나서 아침 8시가 되었고.

저편에서부터 검은 벤 한 대가 들어온다.

"뭐야?"

고선재 매니저는 저도 모르게 중얼거렸다.

저건 자신이 몰고 온 벤이다. 그도 그럴 것이, 아침 8시면 애들이 연습실에 출근할 시간이다.

저게 어제 있었던 일이니까…….

'오늘 서진이 태웠던 걸로 기억하는데?'

신서진은 웬만해서는 지각하는 일이 없다. 오늘도 무사히 녀석을 태웠던 것으로 기억하는 걸 보면 지금쯤은 이미 신서진이 돌아와야 할 시각이었다.

"어!"

이한나 이사는 다급한 탄성을 뱉으며 의자를 당겨 앉았다.

"저거 신서진 아니에요?"

아니, 들어가는 걸 분명 못 봤는데.

애가 멀쩡한 얼굴로 숙소에서 걸어 나온다.

상식적으로 말이 안 되는 얘기라서, 이한나 이사는 자신이 착각했다고 생각했다.

이한나 이사는 헛기침을 하면서 다시 마우스를 딸깍거렸다.

"아, 실수로 너무 빨리 돌렸나 보네요."

너무 빨리 확인하려는 마음에 신서진이 숙소에 돌아가는 것을 보지 못하고 놓친 듯하다. 이한나는 다시 시간을 감아 앞으로 돌렸다.

몇 시에 들어갔는지 이번에는 확인할 수 있겠지.

아까와는 달리 영상에 조금 더 집중하는 두 사람이다.

그런데.

"어?"

"없지 않았어요?"

아니, 그럴 리가 없는데.

나가는 신서진은 있는데 들어가는 신서진이 없을 리가 없잖아.

숙소에 출구가 두 개 있는 것도 아니다.

창문으로 들어간다면 들어갈 수가 있겠지만.

'아니야, 그것도 말이 안 돼.'

연예인 숙소다. 사생팬들을 막기 위해 방범 창 정도는 다 설치해 놨다.

나갈 때는 당당히 나간 녀석이 들어갈 때 그런 위험을 감수할 리도 없고……

"다, 다시 한번 볼까요?"

"저희 둘 다 눈이 조금 이상해진 것 같은데요."

그래, 놓쳤겠지.

이한나 이사는 대수롭지 않게 생각하며 다시 앞으로 돌렸다.

벌써 CCTV를 몇 번째 돌려 보는 건지 모르겠다고 생각하던 순간.

"어… 어어어!"

탄성을 터뜨린 것은 고선재 매니저였다.

이한나 이사는 화들짝 놀란 눈으로 그를 돌아보았다.

"봤어요? 서진이 들어가는 거 있었어요?"

분명 눈이 빠져라 집중하고 있었는데, 자신은 보지 못했다.

이한나 이사는 마우스를 딸깍거리면서 다급히 말을 쏟아냈다.

"어디예요? 몇 초?"

"그… 그… 바로 앞이요!"

고선재 매니저는 모니터를 손으로 가리키면서 말했다.

"네, 여기요!"

"응?"

시키는 대로 멈추긴 했는데…….

화면을 본 이한나 이사의 두 눈에 당혹감이 차올랐다.

살짝 열린 숙소의 문.

그리고 그 안으로 총총 뛰어 들어가는…….

한 마리의 참새.

"……?"

이한나 이사는 황당하다는 듯 고선재 매니저를 돌아보았다.

"이건 참새잖아요."

"일단 뭔가 들어가긴 했으니까…… 의의가 있는 것 아닐까요?"

이 사람이 무슨 소리를 하는 거야.

이한나 이사는 할 말을 잃은 상태로 화면을 응시했다.

아까 신서진이 문을 제대로 닫고 나가질 않아서, 그 틈으로 참새 한 마리가 걸어 들어갔을 뿐이다.

근데.

그게 무슨 상관인데?

"그래서 신서진이 어디 있다는 거예요?"

고선재 매니저는 무슨 말이 하고 싶은 듯 입을 우물거리고 있을 뿐이었다.

신서진은 나갔는데, 들어오는 장면은 CCTV에 찍히지 않았고.

감시를 뚫고 방범창을 열고 몰래 들어온 것도 말이 안 되는데.

그러면… 가능성은…….

고선재 매니저는 쭈뼛거리며 손을 들었다.

"신서진이 참새였던 건 아닐까요?"

"…농담이시죠?"

당연히 좋은 말이 돌아올 리 없었다.

＊　　　　＊　　　　＊

컴백이 코앞인 상황이다.

지금이라도 당장 신서진을 불러 이것저것 물어보고 싶었지만 컴백 직전에 멘탈 관리가 필수인 만큼 딱 일주일간은 모른 체할 생각이었다.

고선재 매니저 역시 입이 근질근질했지만 참을 수밖에 없었다.

대신, 그는 신서진을 유심히 지켜보았는데…….

여전히 자신의 추측을 꺾지 않은 상태였다.

'신서진은 참새인가?'

한창 현대 문물에 빠릿할 10대의 나이다.

한데, 신서진은 가끔 어디 외국에 살다 온 애처럼 헛소리를 늘어놓을 때가 있었다.

이것은 신서진이 인간이 아니라 참새라면 납득이 되는 부분이다.

게다가, 신서진은 음식을 가리는 것 없이 곧잘 먹는다.

참새는 잡식이기 때문에 성립되는 부분이다.

아, 인간도 잡식이구나.

"내가… 일을 너무 많이 했나?"

고선재 매니저는 진지하게 일을 줄일 필요가 있다고 느꼈다.

신서진이 제 앞에서 저리 해맑게 날갯짓, 아니, 손짓을 하고 있거늘.

멀쩡한 애를 참새로 생각하고 있었다니…….

고선재 매니저는 연습실 뒤쪽에서 연습에 한창인 애들을 둘러보고 있었다.

쇼케이스를 앞둔 연습실의 열기가 뜨겁게 달아올랐다.

"유승이랑 서진이는 마지막으로 한 번만 더 맞춰 보자! 어, 최성훈. 잠깐 쉬고 와."

한재규 선생의 우렁찬 목소리가 울려 퍼졌고, 지친 기색의 최성훈이 터벅터벅 다가오더니 옆에 앉았다.

아침부터 거의 쉬지 않고 연습하던 녀석들이었다.

지칠 만도 했기에, 고선재 매니저는 물병을 따고선 건네주었다.

벌컥벌컥.

그렇게 말이 많던 최성훈도 입을 나불대는 대신에 조용히 물만 삼킨다.

땀이 비 오듯 흐르는지 닦아도 개운하지가 않다.

"컴백 직전이라 힘들지?"

"아, 네. 그렇죠."

고선재 매니저는 인사치레와 같은 말을 건네면서도, 신서진에 대해 골똘히 생각하고 있었다.

같은 숙소를 쓰는 멤버들은 신서진의 연애, 아니, 참새 사실을 의심하고 있을까.

하루 종일 참새 생각만 하고 있으니 머릿속이 참새로 가득

찰 것 같다.

최성훈은 무슨 일이냐는 듯 저를 빤히 올려다보고 있었다.

고선재 매니저는 고개를 저으면서 말을 뱉었다.

컴백 준비는 잘 되어 가려나.

"참새 준비는 잘 되어 가니?"

"네?"

"어……?"

최성훈은 두 눈을 끔뻑이며 되물었다.

"참새 준비요?"

"…내가 그렇게 말했어?"

"네. 참새 준……."

쉿!

그렇게 크게 말하면 신서진이 돌아볼 수도 있다.

"으업!"

고선재 매니저는 다급히 최성훈의 입을 막았고, 최성훈은 황당하다는 듯 고선재 매니저를 바라보았다.

"왜… 왜 그러세요?"

아, 아무것도 아니다.

고선재 매니저는 손사래를 치면서 한 발짝 뒤로 물러섰다.

"미, 미안하다! 말실수야, 말실수!"

이렇게 참새, 참새거리느니…….

'차라리 직접 따라가 봐야겠어.'

*　　　　*　　　　*

이정식품의 전(前) 대표이자 현재는 잠적 상태인 남이석 대표.

죽었는지, 살았는지. 사람들 사이에서 그렇게 말이 많더니만······.

다친 데 하나 없이 멀쩡히 살아 있었다.

TES 신문사의 임성준 대표는 나직이 탄식을 뱉었다.

'아, 이거야말로 기삿감인데.'

이걸 기사로 내지 못하는 것이 언론인으로서 참 아쉽다.

임성준 대표는 침을 삼키면서 식전 차로 목을 축였다. 임성준의 입술이 천천히 떨어지며 잇새로 말이 튀어나왔다.

"실종 기사가 나오고 나서 어떻게 되신 건지 궁금했습니다."

"······."

"아니, 왜 죄도 없으신 분이 잠적을 하고 다니십니까."

그렇게 말하면서도 마음 한구석이 뜨끔한 것은 어찌할 수 없다. 남이석 대표는 죄가 없는 것이 아니라 '알려진 죄'가 없을 뿐이었으니.

그에게 몇 번이고 뇌물을 받아 온 임성준 대표였다.

들키지 않게 슥삭. 돈을 넘기고 받는 데에는 두 사람 모두 소질이 있었다.

그러나, 어찌 되었건 남이석이 표면적으로 지은 죄가 없다는 건 변치 않는 사실이다.

임성준 대표는 굳어 있는 남이석을 향해 재차 물었다.

"지금 경찰에 쫓기고 계신 상황도 아니시고, 회사도 안팎으로 문제가 없는 걸로 알고 있습니다. 어디 아프신 것도 아닌데, 왜 이렇게 쫓기는 사람처럼. 아, 죄송합니다."

큼큼.

임성준 대표는 헛기침을 하면서 손사래를 쳤다.

"왜 밖에 모습을 드러내지 않으시냐, 이 말입니다."

"쫓기고 있는 게 맞으니까요."

"예?"

남이석은 심드렁한 표정으로 대답했다.

지극히 무미건조한 목소리라서, 임성준 대표는 자신이 잘못 들은 줄 착각할 뻔했다.

남이석은 그런 임성준을 위해 다시 말해 주었다.

"쫓기고 있는 게 맞습니다. 목숨이 위험한 것도 사실입니다."

"예? 그게 정말입니까? 대체 누, 누가 대표님을?"

그 한마디에, 임성준 대표의 두 눈이 휘둥그레졌다.

남이석 대표가 TES에 후원한 금액은 상당했다. 임성준 대표에게 직접 뒷돈으로 찔러 준 금액도 어마어마했고. 그 돈으로 임성준 대표는 남이석이 시키는 일들을 처리했었다.

대표적으로 이유승의 데뷔 전 학폭 논란 사건이 그러했다.

이유승을 싫어하는 놈을 하나 섭외했고, 그 녀석을 부추겨서 논란을 터뜨렸다.

사건이 터졌을 때 TES에서는 이유승에 관련된 뉴스를 적극적으로 쏟아내던 입장이었다.

서로가 서로에게 필요한 관계이니, 남이석 대표의 신변이 위험하다는 소리는 임성준 대표에게도 충격적이었다.

하지만, 남이석은 그에게 모든 패를 깔 생각은 없었다.

"그건 차후에 따로 말씀드리도록 하겠습니다."

"아, 아. 알겠습니다."

그저 무미건조한 목소리로 말을 뱉을 뿐이었다.

그러면서 남이석은 임성준 대표를 똑바로 응시했다.

그저 필요하기에 이용해 왔을 뿐, 남이석은 그를 조금도 신뢰하지 않았다.

'멍청한 인간.'

속내는 검은 주제에 지금도 그 뜻을 숨기고 있다. 남이석은 그런 임성준 대표가 종종 역겹기까지 했지만, 그런 감정을 티내는 것은 계산적이지 못했다.

남이석은 입가에 미소를 띤 채 입을 뗴었다.

"그래서 말인데, 저를 도와주셔야겠습니다."

임성준 대표의 눈썹이 들썩였다. 무리한 부탁인지 재 보려는 듯한 눈빛이었다.

남이석은 담담한 목소리로 본론으로 들어갔다.

"이번 상대는 SW 엔터테인먼트입니다. 그곳에 터뜨려야 할 사람이 하나 있습니다."

"이번에도 SW 엔터요?"

"네."

아프로 비안체는 어떤 방식으로든 자신을 찾으려 들 것이다.

남이석이 그들을 대항할 수 있는 방법은 오직 여론전뿐. 힘을 잃게 만들기 위해서는 그 둘을 무너뜨려야만 했다.

"소문을 내 주십시오. 진짜든, 가짜든 상관은 없습니다. 자극적이기만 하면 됩니다. 기왕이면 사람들이 듣고 싶어 할 만한 내용이면 더 좋겠군요."

"아니, 잠깐만요."

"가짜 뉴스 만드시는 거, 잘하시지 않습니까."

남이석의 돌직구에 임성준 대표는 당황한 듯 얼굴이 벌게졌다.

전에도 남이석이 비슷한 부탁을 해 왔지만, 이렇게 노골적인 부탁을 한 적은 없었다.

다짜고짜 SW 엔터를 엿 먹일 만한 가짜 뉴스를 퍼뜨리라니.

"SW 엔터 쪽에 원수라도 지셨습니까. 지난 번 이유승 건이면 몰라도, 이번에는 위험합니다. SW 엔터가 무슨 동네 조그만 회사도 아니고……."

이건 임성준 대표조차 납득할 수 없는 행동이었다.

제아무리 돈이면 다 한다지만, 그것도 어느 정도 리스크를 감수할 수 있는 건만 받는다.

다른 회사 대표의 개인적인 악감정까지 모두 떠안아 줄 생각은 없다.

임성준 대표는 단호하게 남이석의 제안을 거절했다.

"이건 끼어들 생각 없습니다. 대표님의 입장은 알겠지만, SW 엔터와의 정면 충돌은 저희도 곤란합니다."

"제가 지금… 부탁하는 걸로 보이십니까."

"예?"

"협박입니다. 또한, 명령이고요."

"네? 아니, 뭐라고?"

임성준 대표는 인상을 찡그리며 남이석을 노려보았다.

황당한 나머지 반말이 튀어나왔다.

아무리 술자리에서 만났다지만, 아직 술 한 잔도 안 마신 양반이 드디어 미쳐 버렸나.

임성준 대표는 제 귀가 잘못되었나 의심부터 했다.

하지만, 남이석은 정말 돌아 버린 것 같았다.

"그동안 처먹으신 돈, 그 돈값을 하셔야지요. 제가 어디 찔러 버리면 꼼짝 없이 걸려 들어가실 판인데."

팅—.

그쯤에서 임성준 대표도 이성을 놓아 버렸다.

"이봐, 남 대표! 지금 그걸 협박이라고 해?"

얼굴이 빨갛게 달아오른 임 대표가 자리에서 벌떡 일어섰다.

상당히 분노한 듯 그의 목울대가 파르르 떨리고 있었다.

"뭐? 찔러 넣어? 이제 와서 감히 그딴 소리를 내 앞에서 지껄여?"

"……."

"막말로 내가 받았지만, 준 사람은 그쪽이잖아! 지금 같이 손 붙잡고 깜빵 가자는 거야, 뭐야!"

"저는 이미 반 죽은 사람인데요……?"

"뭐?"

"경찰도 찾지 못한 저를 나라가 무슨 수로 잡아들입니까?"

남이석은 입가에 호선을 그리며 말을 이었다.

"이정식품 압수수색? 걸려 들어가도 상관없습니다. 진작에 갖다 버린 회사이니, 제가 잠적을 했겠죠."

"그게 무슨 말도 안 되는……."

"회사가 어디 팔리든, 망해서 무너지든. 내가 알 바가 아닙니다. 저는 지킬 사람도, 잃을 사람도 없습니다. 그런데, 대표님은 꽤 많으신 것 같습니다……?"

"이… 이이… 미친……."

"회사도 껴안고 가시겠고, 가진 돈은 잃기 싫으시겠고. 먹여 살릴 처자식도 있으신 분이, 이렇게 여유롭게 나오시면 안 되는 것 아니겠습니까. 원래 잃을 게 없는 미친 놈은 건드리지 않는 법이죠."

남이석은 자조하듯 웃음을 터뜨렸다.

남이석이 회사를 박차고 나온 그 시점부터, 그는 이미 모든 걸 내던지고 왔다.

믿는 구석이 있었고, 벌어 둔 돈이 있다.

그는 입가에 호선을 그리며 말을 이었다.

"복수에 미친 놈은 더더욱, 건드리는 게 아닙니다. 그냥, 미친개에 물렸다, 그리 생각하시죠."

"이딴 식으로 나오겠다 이거지?"

"그러면 제 협박은 들어주시는 걸로 알고 있겠습니다. 다음에는 사람을 보내서 만나도록 하죠. 제 신변이 소중한 터라."

남이준은 그렇게 말하면서 발걸음을 돌렸다.

그의 서늘한 눈빛에서는 실로 광기마저 느껴져서, 임성준은 말문을 잃은 채 주먹만 움켜쥐고 있었다.

"저… 저저… 미친 새끼가!"

미친개인 줄 알았으면 건드리는 게 아니었는데.

꼼짝없이 물려서 SW 엔터와 정면 충돌을 하게 생겼다.

"멀쩡한 회사를 두고 저렇게 돌아 버린다고?"

갑자기 잠적은 왜 한 건지, 누구에게 쫓기고 있다는 건지.

남이석 대표에 대한 의문이 한두 개가 아니었으나, 지금 그걸 고민하고 있을 때는 아니었다.

"으아아아악!"

임성준 대표는 머리를 쥐어뜯으면서 단말마의 비명을 내질렀다.

＊　　　＊　　　＊

총총총.

참새 한 마리가 뛰면서 호텔 안으로 들어선다.

야심한 시각, 조그마한 참새에 관심을 가지는 사람은 아무도 없었다.

대낮이었다면 웬 새가 들어왔냐며 내쫓은 이들도 있었겠지만, 애초에 지금은 복도에 나다니는 사람도 거의 찾아볼 수 없었으니 말이다.

참새는 그렇게 어둑어둑한 계단을 날아올라 10층으로 향했다.

인간의 몸으로 일일이 저 계단을 오르는 것보다야 오히려 나는 것이 편할 때도 있다.

물론 엘레베이터를 이용했다면 베스트였겠으나, 사람이 거의 지나 다니지 않는 시각.

부리로 엘레베이터의 버튼을 누르면서 탑승하는 천재 참새.

이런 괴이한 광경을 누가 본다면 방송국에 제보할 수도 있는 노릇이었다.

총총.

그렇게 10층에 무사히 도착한 참새는 어느 문 앞에 멈춰 섰다.

마치 참새가 오기를 기다렸다는 듯, 1012호의 문이 벌컥 열리고.

그 조그만 틈으로 참새는 뛰어 들어가…….

파앗!

신서진으로 변해 버렸다.

아프로 비안체는 그런 신서진을 돌아보면서 피식, 웃음을 흘렸다.

그는 걱정 어린 말투로 신서진에게 물었다.

"매번 그 꼬라지로 오려면 오는 길이 힘들지도 않나?"

"연예인은 이미지가 생명이라서요. 어디서 사진 찍히면 곤란합니다."

"…적응이 빠르네. 이젠 진짜 연예인 다 됐어."

특히 이런 호텔 같은 데에서.

새벽에 호텔 문을 나서는 것만 찍혀도 파파라치부터 시작해서, 각종 연예부 기자들이 따라붙을 수도 있었다.

SW 엔터에서 이런 사항을 몇 번이고 교육받은 신서진은 절대 본래의 모습으로 독단 행동을 하지 않았다.

대신 새가 되었을 뿐이다.

참새가 호텔 방에 들어간다고 쫓아내는 사람은 있어도, 사진이 찍혀서 어디 뉴스에 나오진 않을 테니까.

신서진은 의자에 걸터앉아 아프로 비안체를 올려다보았다.

"남이석의 행방은 아직입니까."

"경찰도 못 찾을 정도면 잘 숨은 것 같긴 한데……. 글쎄다. 흥미로운 얘기는 들었지."

오늘 저녁, 남이석 대표와 TES 방송사의 임성준이 같이 식사를 하는걸 봤다는 소문이었다.

남이석 대표가 모종의 이유로 잠적을 했지만, 종종 모습을 보인다는 소리가 들려온 게 이번만은 아니었다.

곧 잡을 수 있을 듯하다.

아프로 비안체는 손가락 마디를 뚝뚝 꺾으면서 기분좋게 말했다.

"도망칠 거면 아예 나라를 뜨든가. 여러모로 생각이 짧아."

"생각이 깊었으면 멍청하게 방패를 건드리진 않았겠죠."

"아테나는 멀쩡하다. 아직 일어나지 않을 뿐이야, 깨워 보려고 노력은 하고 있어."

"다행입니다."

신서진은 고개를 주억거리면서 대답했다.

아테나만 깨어나면 남이석 대표를 돕는 그놈의 정체를 알 수 있을 것 같은데, 아직은 갈 길이 멀어 보였다.

"차라리 남이석을 족치는 게 더 빠를 듯하네요."

"그래, 같은 생각이야."

그때, 아프로 비안체의 눈썹이 움찔거렸다.

그는 차가운 음성으로 입을 뗐다.

"신서진."

"예?"

"그런데… 말이다."

말을 이어 가던 아프로 비안체의 낯빛이 차갑게 식었다.

신서진은 미간을 찌푸리면서 감각을 곤두세웠다.

아프로 비안체가 싸늘하게 말을 뱉었다.

"어떤 쥐새끼가 문밖에서 엿듣고 있는 것 같은데."

그 말이 끝나자마자, 아프로 비안체는 성큼성큼 걸어가 문을 벌컥 열어젖혔다.

그리고.

"어… 어어어어억!"

쿵.

비명을 지르며 뒷걸음질을 치다가 그대로 뒤로 자빠져 버린 한 남자.

문에 맞은 고선재 매니저가 입을 틀어막으며 주저앉았다.

엥?

이 인간이 왜 여기서 튀어나와?

"매… 니저님?"

신서진은 얼굴이 새하얗게 질려 버린 고선재 매니저를 내려다보았다.

*   *   *

당장 내일이 컴백 날이었다.

쇼케이스에 너튜브 라이브까지 진행해야 하는 유니비는 내일부터 눈코 뜰 새 없이 바쁠 것이고, 그건 그들의 매니저인 고선재 매니저 역시 해당되는 상황이었다.

일찍부터 들어가 자도 모자랄 판이었다.

그런데.

이렇게 남의 숙소 앞에서 진을 치고 있으니, 왠지 미쳐 가는 듯한 느낌이 드는 것이다.

고선재 매니저는 등받이에 등을 기댄 채 제 머리를 쥐어뜯었다.

'…농담이시죠?'

이한나 이사의 목소리가 귓가에서 맴돌았다. 마치 한심하다는 듯 자신을 내려다보던 그 눈빛.

아마 지금 이 꼬라지를 보고 있다면 그녀의 입에서 더 험한 말이 나올지도 몰랐다.

하지만, 고선재 매니저는 이 수수께끼의 비밀을 풀어내야만 했다.

왜 숙소에서 나온 녀석이 들어온 기록은 없는 것인지.

왜 참새 한 마리만 그 현장에 있었는지!

그래서, 기다렸다.

계속… 기다렸다.

그러나 그의 바람과 다르게, 굳게 문이 닫힌 숙소에서는 아무런 반응도 없었다.

당연히 신서진도 나오지 않았다.

"하아. 언제 나오냐……."

어느덧 새벽 3시가 넘어간 야심한 시각.

고선재 매니저는 한숨을 푹 내쉬면서 중얼거렸다.

"피곤한 걸로 하자. 피곤해서 미쳐 버린 걸로 해."

인정하기로 했다.

애초에 말도 안 되는 발상이지.

미친 게 아니라면 여기서 자신이 이러고 있을 리가 없지 않나.

뭐에 홀려서 그런 터무니없는 생각을 했음이 틀림없었다.

이럴 바엔 일찍 들어가서 출근 준비나 하는 게 낫… 다고 생각했던 순간.

"어?"

고선재 매니저는 놀란 얼굴로 자세를 고쳐앉았다.

끼이이익―.

느닷없이 숙소 문이 열리더니만 참새 한 마리가 나온 것이다.

CCTV 영상에서 봤던 그 조그만 참새와 똑같이 생긴 녀석이었다.

총총. 총총.

빠르게 뛰어가는 참새 한 마리.

이윽고, 녀석이 하늘을 박차고 날아오른다.

"뭐야, 맞잖아! 참새가 숙소에서 나오잖아!"

고선재 매니저는 흥분한 상태로 운전대를 세게 내리쳤다.

"그래, 뭔가 이상했다니까. 분명 참새였다니까……!"

그런 모습을 눈앞에서 봤는데, 어떻게 참새를 안 따라가 볼 수 있었겠는가.

고선재 매니저는 다급히 시동을 걸어 무작정 참새를 따라갔다.

신서진의 본체였다면 자신을 따라붙는 고선재 매니저의 인기척을 느꼈겠지만, 유감스럽게도 신서진은 날고 있던 상황이었다.

비행에 집중하느라 미행이 있다는 것조차 모르고 날아간 것이다.

그렇게 도착한 곳이 호텔이었다.

10층까지 총총총, 계단을 타고 올라가는 녀석을 뒤늦게 따라왔다.

1012호.

알아서 호실 안까지 뛰어 들어가는 천재 참새.

고선재 매니저는 발소리를 죽이고서 문밖에서 기다리고 있었다.

그런데.

그 안에서 목소리가 들려왔다.

고선재 매니저는 차갑게 식은 얼굴로 문에 귀를 가져다 대었고.

그 안에서는 두 남자의 목소리가 들려왔다.

"연… 인… 은… 이미지… 이라서… 사진… 찍히……."

한쪽은 고선재 매니저가 잘 모르는 사람이었으나, 반대 쪽은…….

잘 들리진 않았지만, 신서진의 목소리가 틀림없었다.

허업.

"말도 안 돼."

고선재 매니저는 입을 틀어막으면서 벽에 등을 기대었다.

와중에도 안에서는 신서진의 말소리가 들려오고 있었다.

"남… 의… 행방은… 니까……."

데뷔 후 눈이 오나 비가 오나 같이 있었는데, 고선재 매니저가 녀석의 목소리를 모를 리 없었다.

무조건 저 목소리는 신서진이다.

정말…….

신서진이 맞았다.

"신서진이… 참새였어?"

이한나 이사도 말도 안 된다며 일축한 사실이었다.

아니, 누가 들었다 해도 개소리라 치부했을 것이다.

그런데.

녀석은 참새였다.

애지중지 챙겨 주면서 데뷔시킨 내 인생의 첫 담당 아이돌이…….

새였다니!

"어떡하지?"

새라고 아이돌을 하면 안 된다는 법은 없고, 엄밀히 따지자면 녀석이 범법을 저지른 것도 아니었다.

아, 아닌가.

'신분 위조?'

굳이 따지자면 그런 걸로는 엮여 들어갈 수 있을 터였다.

하지만, 새가 인간 행세를 했다고 해서 도의적으로 비판을 받을 만한 내용은 아니지 않나.

그런 현실적인 문제에 머릿속이 복잡해져 가던 고선재 매니저는 벌떡 고개를 들었다.

아니, 다른 걸 다 떠나서.

"어떻게… 된 거지?"

그냥 이 상황 자체가 고선재 매니저가 받아들이기엔 너무 버거웠다.

이 엄청난 진실을 누군가에게 알려야 하는데.

믿어 줄 사람이 있을까?

고선재 매니저는 다급히 휴대전화를 꺼내 메모장을 켰다.

신서진이 참새라는 사실을 기록하기 위함이었으나…….

"어떤 쥐새끼가 문밖에서 엿듣고 있는 것 같은데."

벌컥!

쾅!

하필이면 그 순간에 문이 열려 버린 것이다.

*   *   *

"어떻게 할까요?"

신서진은 아프로 비안체를 돌아보면서 물었다.

얼굴이 사색이 되어 버린 고선재 매니저. 두 눈을 열심히 굴리고 있는 걸 보니, 이 상황을 어떻게든 이해해 보려 애쓰는 것 같았다.

우리 애, 아니, 우리 새가 아프로 비안체와 함께 있다.

그렇다면 아프로 비안체도 새였나?

연예계에 조류가 이리도 많았다니!

대충 그런 눈빛이었다.

아프로 비안체를 혀를 차면서 한숨을 푹 내쉬었다.

"네가 참새인 걸 본 것 같다는 거지?"

"아무래도 그런 것 같은데요."

"저… 저는 아무것도 못 봤는데요?"

고선재 매니저는 뒤늦게 부정했지만 이미 때는 늦은 뒤였다.

누가 봐도 창백하게 질린 얼굴은 엄청난 진실을 알아 버린 사람의 모습 그 자체였으니까.

"내용은 못 들은 것 같네."

"그러게요."

"흐음……."

아프로 비안체와 신서진은 고선재 매니저를 앞에 두고 고민하기 시작했고.

고선재 매니저는 여전히 믿기지 않는다는 듯 제 볼을 꼬집었다.

아픈 걸 보니 확실히 꿈은 아니다.

"아아… 새들이라니……."

저 둘의 싸늘한 표정을 보아하니, 모른 척 넘어가는 것도 실패해 버린 것 같다.

이렇게 된 이상 물어볼 건 물어봐야겠다.

궁금함을 참을 수 없었던 고선재 매니저는 아프로 비안체에게 물었다.

"그쪽은 무슨 새예요?"

"안 되겠다, 기절시키자."

"……!"

터벅터벅.

아프로 비안체가 한 걸음 다가가자, 고선재 매니저는 본능적으로 뒷걸음질을 쳤다.

"어어, 잠시만요!"

"어어어… 새가 사람도 공격해요?"

"어어어어억!"

그래 봐야 의미 없는 행동일 뿐이었지만 말이다.

"기억 좀 지워 봐."

"네, 그러죠."

"으아아아아악! 이 손 잡지 말라고! 어어… 어어어!"

끄엑!

아프로 비안체의 손날이 고선재 매니저의 뒷목을 강타했고.

"억!"

흐릿해지는 정신 속에서.

고선재 매니저는 혀를 차며 중얼대는 신서진의 말을 들은 것 같았다.

"우리 매니저님… 목 디스크 생길까 봐 걱정되네요……."

하지만, 결국.

거품을 물고 쓰러져 버린 고선재 매니저는 그대로 기절해 버렸다.

"으… 으으……."

그의 의식은 거기서 끊어졌다.

*   *   *

"으… 으으……."

고선재 매니저는 기지개를 켜면서 천천히 눈을 떴다.

익숙한 천장.

어떻게 들어왔는지는 기억나지 않지만, 고선재 매니저의 예전 자취방이었다.

아직 방 뺄 때가 되지 않아서 짐이 남아 있긴 하지만…….

최근엔 매니저 숙소에서 지냈던 고선재 매니저였다.

그러니, 이 상황은 뭔가 좀 이상했다.

"내가 왜 여기에……"

왜 자취방에 온 거였지?

고선재 매니저는 몸을 벌떡 일으켰다.

술 마신 다음 날처럼 정신은 몽롱하고 몸은 천근만근이었다.

고선재 매니저는 손으로 이마를 짚으면서 중얼거렸다.

"마신 기억도 없는데……. 필름이 끊긴 건가?"

애초에 술이 약한 편인 고선재 매니저였다.

웬만해선 이렇게 뻗기 전까지 알아서 조절했을 텐데, 어제는 대체 무슨 일이 있었는지 끝까지 달린 모양이다.

술을 마신 기억은 없는데, 숙취는 일단 장난이 아니고. 정황상 술을 대차게 퍼마셨을 가능성밖에 떠오르지 않았다.

고선재 매니저는 비틀거리면서 휴대전화를 낚아채었다.

화면이 켜지자마자, 열려 있던 메모장 어플이 자동으로 떴다.

그걸 확인한 고선재 매니저의 미간이 찌푸려졌다.

신서진은 ㅊ ㅏ ㅁ새엿따

"뭐라고 써 놓은 거야?"

천천히 읽어 보니 읽히긴 했다.

고선재 매니저는 두 눈을 끔뻑이면서 메모장의 내용을 다시 읽어 보았다.

"신서진은 참새였다……."

술 게임이라도 하다가 적어 놓은 걸까.

대체 무슨 이유로 저 메모장을 켰던 건지조차 기억이 나지 않았다.

아예 모든 기억이 삭제된 기분이다.

고선재 매니저는 지끈거리는 머리를 감싸쥐면서 혀를 내둘렀다.

아, 어제 많이 취했나 보네.

술을 얼마나 퍼마신 거야?

"후… 지금 시간이 몇 시야……."

고선재 매니저는 한숨을 내쉬면서 휴대전화 창을 내렸고, 시간을 확인했다.

그 순간, 정신이 확 들었다.

"어?"

부재중 전화 56통

"어… 어어어어?"

왜! 전화가 56통이 와 있어?

고선재 매니저는 믿을 수 없다는 듯 말끝을 흐렸다.

"설마."

아닐 거야.

그럴 리가 없잖아.

고선재 매니저는 애써 부정하면서 다급히 시계를 돌아보았다.

그런데.

7시 15분.

어… 7시 15분…….

"……."

아침이었으면 문제 되지 않았을 시각이었다.

하지만, 저 어둑어둑한 하늘이 의미하는 건…….

"오후 7시 15분……?"

설마 밤이야?

고선재 매니저는 떨리는 목소리로 중얼거렸고, 이윽고 비명을 지르면서 튀어 올랐다.

"아아아아악!"

미친 거냐고!

그럼 쇼케이스는?

음원은?

이미 나온 거 아니야?

하룻밤만 잔 게 아니라, 다음 날 저녁 7시가 될 때까지 자취 방에서 퍼질러 자고 있었던 거냐!

고선재 매니저의 낯빛이 새하얗게 질려 가고 있던 순간.

위이이잉—.

휴대전화가 다시 요동쳤다.

매니지먼트 팀의 배준기 팀장으로부터 온 전화였다.

"히이이익!"

고선재 매니저는 귀신이라도 본 듯 그 자리에 그대로 엎어졌다.

하지만, 전화를 씹을 수가 없어서.

두 눈을 질끈 감은 채 떨리는 손으로 전화를 받았다.

수화기 너머로 싸늘한 목소리가 들려왔다.

―너 미쳤냐?

*　　　　*　　　　*

당연하지만 좋은 말이 나올 리 없었다.

다른 날도 아니고 유니비 컴백 날에 매니저의 연락 두절이라니.

분노를 꾹꾹 눌러 참은 듯한 배준기 팀장의 말이 이어졌다.

―어쩐지 아침부터 내리 연락이 안 되길래, 너 대신 승빈이 가 애들 픽업하러 갔다.

이걸 다행이라고 해야 하나…….

고선재 매니저는 머리가 핑 도는 것만 같아서 다급히 숨을 들이켰다.

배준기 팀장은 한숨을 푹푹 내쉬면서 물었다.

―술을 얼마나 마신 거야?

"진짜 마신 기억은 없는데……. 아, 아닙니다."

고선재 매니저는 고개를 휘휘 저었다.

어차피 이렇게 말해 봐야 믿을 리가 없다. 자신조차 믿을 수 없는 변명이니까.

어제 저녁부터 지금 이 시간까지의 기억이 통째로 날아가 버렸다.

어떻게 된 건지.

솔직히 자신도 모르겠다.

모르겠으니까 미쳐 버리겠는 거지.

고선재 매니저는 아찔했던 오늘의 상황을 떠올리면서 고개를 푹 숙였다.

"죄송합니다."

다행히 더 험악한 말은 나오지 않았고, 배준기 팀장은 담담한 목소리로 말을 뱉었다.

—그래, 알았고. 오늘은 경사 난 날이니까, 특별히 이쯤에서 넘어가는 거다.

"경, 경사요?"

—회사 난리 났으니까 지금이라도 빨리 와라.

"네?"

고선재 매니저는 떨떠름한 표정으로 휴대전화를 움켜쥐었다.

그리고.

수화기 너머로 충격적인 한마디가 울려 퍼졌다.

—애들 17등 했다, 지금.

"네에에?"

Chapter. 2

　[라이징 스타의 귀환, SW의 유니비. 초동 30만 장 돌파, 음원차트 17위 석권!]

　SW 엔터 신인 그룹인 유니티지의 유닛, 유니B가 미니앨범 1집과 함께 가요계에 컴백했다. 초동 30만 장 돌파는 물론 각종 음원차트에서 연달아 좋은 성적을 거두면서 순항 중이다.

　아프로 비안체의 타이틀곡으로 처음부터 관심을 모으던 이번 앨범은 명반이라는 평가를 받으면서 하반기 K-POP의 흥행을 이끌 것으로 보인다.

　―풀 버전으로 듣자마자 확신함 아 이건 진짜 돌판 레전드 앨범이다

　└아니, 진짜 인간적으로 수록곡까지 다 좋은 건 반칙이잖아

ㄴ겨우 수록곡 5개인데 꽉꽉 채운 느낌 ㅠㅠ 우리 애들이 이런 애들이다! 확실하게 보여 준 앨범이라는 생각이 듦

ㄴ아프로 비안체가 K—POP을 찢었다

—SW 엔터 두 번째 미니앨범은 국룰임 역사적으로도 명반이었음

ㄴ아 유니티지 데뷔앨범 다음으로 두 번째긴 하네

ㄴ에스떱의 깨지지 않는 공식이지

ㄴ아프로 비안체가 신인이랑 작업한 것도 놀라웠는데 노래 듣고 나니까 왜 작업했는지 알 것 같은 느낌

ㄴ2222진짜 찰떡으로 소화해 냈어

ㄴ노래 자체에 '유니비'라고 써 있어 하 ㅠㅠㅠ

—유니비가 케이팝 기강 잡는다 ㅠㅠ 얼마 만에 흥행 신인이냐

ㄴ자본의 힘을 절실히 보여 주는 앨범

ㄴㅋㅋㅋㅋㅋㅋㅋㅋㅋ진짜 돈을 이런 데 써야지

ㄴ곡과 뮤비 컨셉에 모든 걸 쏟아부었고 에스떱이 본진한테 하는 짓 생각하면 맨날 빡치는데 ^^ 이번 앨범은 진짜로 인정할 수밖에 없었다

ㄴ유니비 대박 나자 유니티지 대박 나자

—여러모로 유니티지가 한 단계 성장하는 앨범이 되었으면 좋겠습니다 이거 강민이가 쇼케이스 때 한 말인데 정말 그렇게 될 거 같아

ㄴ메론 진입 17위면 대단한 거죠?

ㄴ신인은 진짜 대단한 거지

ㄴ입소문 타면 10위권 노려 볼 만하지 않을까?

ㄴ다들 이번 주 있을 음방 투표하러 가 주세요 ㅠㅠ

└달려갑니다

└우리 애들 상 주러 가야지

└초동 30만 아자아자!

고선재 매니저는 뚫어져라 휴대전화만 내려다보고 있는 신서진의 어깨에 손을 얹었다. 얼마나 집중했는지 입까지 헤― 벌리고 있었다.

신서진은 움찔거리며 고개를 들었다.

"아."

"어때, 댓글 분위기 괜찮아?"

"네, 그렇네요."

신서진은 그렇게 대답하면서도 고선재 매니저의 안색을 천천히 살폈다.

쇼케이스 당일 그렇게 기절하고 나서 가끔씩 얻어맞은 목을 주물거리고 있는 것 같기는 한데…….

'목 디스크는 오지 않은 것 같군.'

멀쩡하면 됐다.

신서진은 미소를 지으면서 입을 뗐다.

"저희 오늘 끝나고 대기하죠?"

음악방송이 끝나고 단체 인사 시간이 있으니 대기하는 건 당연하지만, 이번에는 그 '대기'의 의미가 다소 달랐다.

"헐. 맞아요, 그러네요?"

잔뜩 들뜬 최성훈의 목소리만 들어도 그러했다.

뮤직은행의 1위 후보에 유니비가 선정됐기 때문이었다.

고선재 매니저는 흐뭇하게 웃으면서 물었다.

"긴장되니?"

"어우, 아뇨. 전 별로. 원래 기대하면 더 슬퍼져요."

최성훈은 손사래를 치면서 피식 웃었다. 데뷔한 지 1년도 안 된 신인인데 벌써부터 공중파 1위 가수라니.

그런 건 바란 적도 없었고, 아직 바랄 처지도 아니라고 생각했다.

하지만, 고선재 매니저의 의견은 달랐다.

고선재 매니저는 의자를 손으로 짚으면서 싱긋 웃었다.

"왜? 나는 가능성이 있다고 보는데?"

"진심이세요?"

"너네 음원 성적 좋잖아. 초동도 30만이고. 왜 안 될 거라고 생각해?"

"하지만 상대가……."

객관적으로 봤을 때 이번 앨범은 시작부터 하이 커리어를 달리고 있었다.

유니티지의 데뷔앨범 성적도 신인치고 상당한 화제성을 모은 채 시작한 셈이었지만, 이번 곡과는 차원이 달랐다.

고선재 매니저의 말대로 상황은 좋다.

다만… 다만…….

"예한결 선배님은 이기기 어렵지 않을까요?"

하필이면 1군 아이돌의 예한결이 이 타이밍에 솔로 앨범을 냈다는 거지.

솔로 앨범이니만큼 팀일 때보다 화력은 떨어지겠지만, 결코 만만한 상대는 아니었다.

음원 순위는 비슷하고, 초동은 그쪽이 조금 더 높았다.

고선재 매니저는 최성훈의 걱정을 이해하면서도 손사래를 쳤다.

"상대가 쟁쟁하긴 한데, 해 볼 만해!"

"에이, 아무리 그래도요……."

최성훈은 고개를 저으면서 능청스레 말했다.

"저는… 저는… 진짜로 기대 안 해요!"

그러면서, 옆에 앉은 신서진의 어깨를 톡톡 치며 물었다.

"너는? 너도 기대 안 하지?"

"완전 하지."

"응?"

신서진은 심드렁한 표정으로 대답했다.

"우리가 안 하면 누가 하냐?"

와.

그 폭탄 발언에 대기실에서 탄성이 터져 나왔다.

짝짝짝…….

이유승은 감탄하며 박수를 쳤고.

허강민은 다급히 주변을 두리번거렸다.

자신감 하나는 진짜 좋은데.

"야, 카메라 없어서 다행이다."

"응, 너 방금 매장당할 뻔했어."

밖에서 했으면 예한결 팬들한테 돌 맞았을 발언이었다.

                    *   *   *

　신서진은 대기실에서 건방졌을지언정, 무대 위에서는 더없이 겸손한 편이었다.

　뛰어난 습득력을 가지고 있다 하여 연습을 소홀히 한 적은 없다.

　늘 그렇듯, 무대는 그간의 노력을 보여 주는 공간이었다.

　쇼케이스 이후로 팬들 앞에서 오랜만에 하는 무대.

　모처럼 만에 돌아온 음악방송은 생각보다, 더 떨렸다.

　머리 위로 조명이 꺼지고.

　신서진은 빨간 카메라의 불빛을 똑바로 응시했다.

　지극히 정적인 시선으로 카메라를 보면서, 입가엔 옅은 미소를 띤다.

　이윽고, 〈Live on air〉의 첫 소절이 흘러나온다.

구름 낀 하늘 아래
멀리서 네 목소리가 들리면
I' will dive 네가 있는 곳으로 헤엄칠 거야

　신서진의 목소리와 어울리는 도입부. 부드러운 목소리가 흘러나와 스튜디오를 가득 메운다. 헤엄치듯 무대 위를 유영하던 신서진은 카메라에 시선을 고정한 채 싱긋 웃어 보였다.

　〈Live on air〉 첫 음악방송치고는 꽤나 여유로운 표정이었다.

　곧바로 다음 파트를 받아 이어 간 건 이유승이다.

어차피 닿지 못할 걸 알면서도
네 목소리가 바람을 타고 날아와
자꾸 내 귀에 속삭이는 것 같아

손을 뻗는 각도, 발을 구르는 속도까지.

이유승은 안무의 디테일을 모두 살려 가면서, 고스란히 제 스타일로 재해석해 냈다.

다섯 명의 동선이 빠르게 이동하면서 그림을 만들어 내었다.

Live on air

Live on air

May be 언젠간 너를 만날 수 있을지 몰라

다시 만나게 될지도 몰라

숨이 차오르는데도 조금의 힘든 기색 없이 상당한 난이도의 안무를 완벽하게 소화해 내는 유니비였다.

수백 번을 연습했던 안무다.

머리보다 몸이 기억했다.

신서진은 몸이 시키는 대로 가볍게 몸을 꺾었다.

무대에 서기 전까지만 해도 상당히 떨렸는데……. 지금은 그 떨림이 자연스레 무대로 발산되는 기분이었다.

그의 시야에, 관중석이 닿았다.

새하얀 응원봉이 넘실거린다.

마치 빛이 관중석 위를 수놓은 것처럼 아름다운 절경이었다.

Live on air
Live on air
May be 언젠간 너를 만날 수 있을지 몰라
다시 만나게 될지도 몰라

거친 숨이 달아올라서인지.
이 노래가 좋아서인지.
그것도 아니면.
이 순간이 행복해서인지.
심장이 벅차다.

어차피 닿지 못할 걸 알면서도
네 목소리가 바람을 타고 날아와
자꾸 내 귀에 속삭이는 것 같아

신서진은 환한 미소를 지으면서 숨을 몰아쉬었다.

May be 언젠간 너를 만날 수 있을지 몰라
다시 만나게 될지도 몰라

"하아… 하……."
카메라를 향해 엄지손가락을 치켜세운다.

그 모습이 고스란히 담기면서 화면에 비추었고.

팬들의 함성 소리가 스튜디오 안을 찢었다.

아니, 아예 뒤흔들어 놓았다.

"꺄아아아아악!"

"유니비! 유니비! 유니비!"

쿵쿵.

그 찢어질 듯한 함성 소리에 지금 서 있는 무대 바닥이 진동했고, 그 떨림이 어쩐지 좋아서. 신서진은 한참 동안 웃으며 그 위에 서 있었다.

그렇게 무대가 끝났다.

* * *

사전녹화가 끝나고 나서 꽤 오랜 시간을 기다렸다.

마지막 단체 인사 촬영을 위해 모든 아티스트들이 한자리에 모였다.

"꺄아아아아아!"

"와아아아악!"

팬들의 비명 소리와 함께 사방에서 보이는 플래카드.

유니비 역시 손을 흔들며 팬들을 향해 반가움을 표시했다.

1위 후보로 서서 그런가.

오늘따라 괜히 심장이 빠르게 뛰는 듯하다.

차형원은 가슴 위에 손을 얹고선 길게 숨을 들이쉬었다.

그러고는 후— 하고 뱉었다.

'긴장한 거야.'

1위를 바라지 않는다고 대기실에서 단언했었다.

하지만, 막상 이 자리에 서고 나니 사람 마음이 달라지더라. 다른 멤버들도 크게 다르지 않은 모습이다.

차형원은 얼굴이 빨갛게 달아올라 있는 허강민의 옆구리를 쿡쿡 찔렀다.

"뭐야, 그렇게 떨려?"

"저 더워서 그런데요."

그게 아니라는 것쯤은 눈치를 말아먹은 신서진이 봐도 알 것 같았다.

"선풍기 줄까?"

아, 모르는구나.

차형원은 헛기침을 하면서 신서진이 허강민에게 손 선풍기를 건네는 모습을 지켜보고 있었다.

하기야 저게 신서진이지.

차형원은 저도 모르게 흐뭇한 미소를 지었다.

이유승은 멀리 있는 카메라를 똑바로 응시하고 서 있었다. 아직 카메라 불도 켜지기 전에 아이콘택을 하고 있을 리는 없고…….

"너도 긴장했냐?"

"후우……. 형, 솔직히 말해서 긴장이 안 될 수가 없어요."

사뭇 결연하게까지 느껴지는 표정이다.

다들 대기실에서는 그렇게 극구 부인해 놓고선, 막상 이 자리 위에 올라서니 하나같이 다들 솔직해진다.

"우리 차라리 다음에는 그냥 대놓고 말하자. 1등 하고 싶어서 미칠 것 같다고."

"…아무래도 그래야 할 것 같긴 하네요."

이유승은 웃음을 흘리면서 부끄럽다는 듯 시선을 피했다.

그때였다.

뮤직은행의 두 MC.

아라와 희재가 나란히 무대 앞으로 나왔다.

시끌시끌하던 아티스트들의 분위기도 사뭇 조용해졌다.

신서진은 침을 삼키며 고개를 살짝 들었다.

'촬영 시작이다.'

카메라의 빨간 불이 다시 켜졌고, 지미집도 위에서 빙글거리며 돌고 있다.

뮤직은행의 마무리 멘트 시간.

카메라 감독의 싸인이 내려지자마자, 두 사람이 마이크를 잡았다.

"생방송 뮤직은행!"

"뮤직은행!"

관중들의 엄청난 함성이 다시 한번 스튜디오를 뒤흔들었다.

"와아아아아악!"

"꺄아아아!"

"예한결! 예한결! 예한결!"

"유니비! 1등 하자!"

"얘들아 1등 가수 시켜 줄게에에엑!"

오죽하면 그 소리에 MC들의 사운드가 묻힐 정도였다.

하지만, 아라는 당황하지 않고 밝은 목소리로 힘차게 외쳤다.

"9월 셋째 주 뮤직은행의 1위 발표만을 남겨 두고 있는데요."

"네, 이번 주 1위 후보는 유니비와 예한결! 과연 1위는 누가 차지하게 될지!"

"지금 바로 점수 공개합니다!"

두구두구두구!

심장박동 소리와 같은 거친 두드림이 천장의 스피커를 통해 흘러나왔고.

유니비의 심장도 그에 따라 빠르게 뛰기 시작했다.

두구두구두구!

"유니비와 예한결!"

"이번주 1위는!"

아라가 마이크를 움켜쥐며 입을 떼었다.

"디지털 방송 점수. 방송 횟수 점수, 시청자 선호도 점수!"

화면 위로 네 자릿수의 숫자가 빠르게 떠올랐고.

"마지막으로 음반 점수와 소셜미디어 점수를 합산한 이번 주 1위는……."

아라의 명랑한 외침이 스튜디오에 울려 퍼졌다.

"유니비입니다! 축하드립니다!"

*　　　　*　　　　*

유니비가 첫 공중파 음방 1위를 쟁취해 낸 날.

매니저먼트 팀은 축포만 안 터뜨렸다 뿐이지, 완전히 축제 분위기였다.

신인개발 팀 역시 비슷한 분위기였다.

"오늘은 조금 일찍 들어오라고 해요."

"애들한테 밥 사 주시게요?"

"당연하죠. 오늘이 어떤 날인데."

이한나 이사의 한마디에 한성묵 팀장은 피식 웃음을 터뜨렸다.

데뷔한 지 1년도 되지 않은 녀석들이다.

심지어 오늘의 상대는 그 잘나가는 예한걸이었고.

SW 엔터에서도 크게 기대하지 않았던 결과였다.

한성묵 팀장은 의자 등받이에 등을 기댄 채 흐뭇하게 웃었다.

"여러모로 대단한 신인이죠. 편곡을 지들이 턱턱 해 오질 않나, 아프로 비안체한테 곡을 받아 와서는 1위를 찍질 않나. 음원차트 추이도 괜찮던데, 이러면 연말에 신인상도 한번 노려 볼 수 있을 듯싶고……."

"그렇게 대단한 신인들, 처음에는 왜 반대하셨어요."

"크흠."

이한나 이사의 한마디에, 한성묵 팀장은 헛기침을 했다.

가장 앞장서서 신서진과 이다영의 영입을 반대했던 게 한성묵 팀장이다.

사실상 그 둘이 팀에서 가장 핵심적인 역할을 하게 될 줄은… 정말 꿈에도 몰랐던 시절이었다.

"서진이가 말을 너무 안 들어서 그렇지……. 그때도 실력은 인정했었습니다."

"지금도 말을 안 들어서 문제죠."

아.

그렇게 중얼거리던 이한나 이사는 며칠 전의 기억을 떠올렸다.

"연애."

"네?"

"서진이가 숙소를 비우길래 연애하는 건 아닌가 의심돼서, 얼마 전에 물어봤었거든요."

처음에는 고선재 매니저를 통해 알아보려 했는데, 신서진을 미행까지 했던 사람이 어떻게 된 영문인지 이상한 소리만 하더라.

'신서진이 새는 아니었던 거 같아요.'

별로 도움이 되는 진술은 아닌 것 같아서 결국 무시해 버렸고, 신서진을 직접 붙잡아 얘기를 나눠 보는 것으로 상황이 종료되었다.

한성묵 팀장은 심각한 얼굴로 자세를 고쳐앉았다.

"제가 알기로는 연애는 안 하는 걸로 알고 있는데요. 신서진이 뭐라던가요?"

"걱정 말라고 하던데요."

"아, 역시. 제가 그랬잖습니까 그 녀석이 그래 보여도 그런 건 속을 안 썩이는……."

"이미 넘치도록 해 봤다면서."

"……."

"질리도록 해 보았으니 당분간은 할 의향이 없다네요."

툭.

한성묵 팀장은 손에 들린 커피잔을 내려놓았다.

"미친놈."

혼자 중얼거린 말인데 이한나 이사한테까지 들린 듯하다.

한성묵 팀장은 당황한 기색으로 고개를 숙였다.

"아, 죄송합니다. 이사님께 한 말은 아니었고……."

"괜찮아요. 저도 비슷한 생각을 했으니까."

"이놈을 어쩌지. 카메라 앞에서는 입을 꿰매 놔야 하는데……."

벌써부터 그런 가정을 하면 머리가 지끈거린다.

예능이라도 출연하면 단골으로 들어오는 질문.

여자 친구 있어요?

거기에 대고…….

─질리도록 해 보았으니 당분간은 할 의향이 없습니다.

그래, 그렇게 대답하는 순간 아이돌 생명은 끝인 거라고!

미친놈아! 그게 아이돌의 대답이야?

"하아… 진짜……."

살면서 한 번도 본 적 없는 부류의 대답이었다.

인상을 찌푸린 한성묵 팀장은 이한나 이사를 돌아보며 물었다.

순간, 궁금함을 참을 수가 없었다.

"아니, 그런데. 정말 질리도록 연애를 했답니까?"

"…그렇다는데요."

"고작 열여덟밖에 안 된 애가요?"

"글쎄요. 그 얼굴이면 가능하죠."

한성묵 팀장은 한숨을 후, 뱉으면서 쓰디쓴 커피를 입안에 머금었다.

"에라이……."

어쩐지 쓸쓸해져 버린 한성묵 팀장이었다.

＊　　　　　＊　　　　　＊

이한나 이사는 약속대로 유니비 멤버들에게 저녁을 샀다.

활동기에 이렇게 배부르게 먹기가 힘든 일인데, 덕분에 모처럼 만에 목에 기름칠을 할 수 있었다.

신서진은 입안 가득 삼겹살을 와구와구 밀어 넣었다.

"맛있어……."

이따금 그렇게 중얼거리는 걸 보면, 오늘의 식사 메뉴가 상당히 마음에 드는 기색이었다.

이유승은 그 옆에서 묵묵히 쉬지 않고 먹는 중이었다.

허강민은 야무지게 상추를 싸서는 한입에 넣었다.

고선재 매니저는 그런 멤버들을 보면서 피식 웃었다.

"그렇게들 좋냐?"

"네에에!"

"아, 이럴 때 아니면 언제 이렇게 먹어요!"

표정을 보아하니 어제 1등 했을 때보다 더 좋아하는 얼굴들이다.

최성훈은 신이 나서는 휴대전화로 찰칵, 찰칵 사진을 찍어대고 있었다.

차형원은 그런 최성훈을 돌아보며 물었다.

"뭐 해?"

"민하한테 자랑하려고요."

"좋은 말 안 날아올 것 같은데."
"1등 축하한다고 아까 연락 왔던데요."
"아니, 고기 사진."

[사진]
[사진]
[사진]

아니나 다를까.
최성훈은 두 눈을 끔뻑이며 메시지창을 확인했다.

[ㅗ]
[ㅗㅗㅗㅗㅗㅗㅗ]

"엿 날리는데요?"
"다음 주에 걔네들도 고기 파티 할 거야. 그렇게 전해 줘."
"아, 진짜요?"
몇 분 뒤.
띠롱—.
띠롱—.

[♡]

"갑자기 하트 날리는데요. 무서워졌어요."

"민하가 먹을 거에 진심이잖아."

"그건 그래요."

최성훈은 혀를 내두르면서 휴대전화를 덮었다.

신서진은 두 사람이 나누는 대화를 흘려들으면서 고기에만 집중하고 있었다.

고선재 매니저는 상추쌈을 우물거리면서 말을 꺼내었다.

"얘들아, 이번 앨범 잘되고 나니까 기분이 어때?"

"아직 갈 길이 멀기도 하고……. 1위는 여전히 얼떨떨해요."

"진짜로 성훈이 말마따나 갈 길이 구만리죠."

이유승은 기분 좋게 웃으면서 마늘을 젓가락으로 집었다.

"근데, 1위 가수. 처음이긴 하지만 기분이 좋더라고요."

"소감 말할 때 기분 째졌어요."

"그렇지? 느낌이 뭔가 다르다니깐?"

"그죠 그죠."

그러나.

유니비가 마냥 행복하게 회식을 즐길 수 있는 시간은 거기까지였다.

우우우웅—.

마침 타이밍 나쁘게 울려 대는 전화벨.

"아, 미안."

고선재 매니저는 시끄럽게 진동하는 휴대전화를 주머니에서 꺼내 전화를 받았다.

"네, 지금 식사 중인데요. 지금……. 네? 지금이요?"

수화기 너머의 말소리에 고선재 매니저의 표정이 미묘하게 굳었다.

그리고.

"기사가… 떴다고요?"

그의 얼굴이 이내 창백하게 질려 버렸다.

*　　　　*　　　　*

평화로운 밤중에 TES에서 기사가 하나 올라왔다.

단독 보도라는 타이틀을 떡하니 달아서는, 말도 안 되는 소식을 물고 기사를 터뜨린 것이었다.

['초동 30만' 유니비의 타이틀곡 〈Live on air〉는 표절곡?]

[아프로 비안체, 신인 작곡가의 곡을 표절하다]

당장 〈Live on air〉로 뮤직은행 1위를 차지한 것이 어제.

의혹은 삽시간에 퍼져 나갔다.

아예 근거 없는 가짜 뉴스도 아니었다.

아프로 비안체의 곡이 사운드 플라우드에 올라온 한 신인 작곡가의 곡과 유사하다고 익명의 제보자가 제보하면서 사건이 커졌다.

실제로 신인 작곡가의 곡을 1.25배속 해서 들으면, 누가 들어도 아프로 비안체의 〈Live on air〉가 들려서, 누가 봐도 표절곡이라는 의심을 벗어날 수 없었다.

댓글창은 그야말로 난리가 나 버렸다.

—아프로 비안체가 감이 떨어졌구나 ㅋㅋㅋㅋㅋㅋ 할 게 없어서 신인 곡을 표절하네

—저게 진짜임?

ㄴ사운드 플라우드에 올라온 거 들어 봐 그냥 배속만 다르게 했지 아예 같은 곡임ㅋㅋㅋㅋ

ㄴ와 저렇게까지 대놓고 표절할 줄이야

ㄴ상도덕도 없는 듯

—유니비 이번 앨범에도 하이 커리어 갈 것 같았는데 이러면 어떻게 되는 거야?

ㄴ유니비가 무슨 잘못이야;;

ㄴ표절곡이면 당연히 타격 가지

ㄴ양심이 있으면 팬들이 편들어 주면 안 되지 ㅋㅋㅋ

ㄴ눈치 챙겨 표절곡 때문에 1등 밀린 예한결 팬들도 많아 ^^

ㄴ그니까 그게 왜 우리 애들 탓이냐고

ㄴ지들이 팬덤 화력 딸려서 1등 뺏긴 걸 ㅋㅋㅋㅋㅋㅋㅋ 표절곡 탓 ㅋㅋㅋㅋㅋ

ㄴ결론은 표절곡이라는 거 인정하네? ㅋㅋㅋㅋㅋㅋ

—노래 진짜 좋다고 아프로 비안체의 인생 역작이라고 칭찬했는데…… 하 ㅋㅋㅋ 믿는 도끼에 발등 찍힌 느낌이다

ㄴ아프로 비안체 곡이라면 진짜 빼놓지 않고 들었는데 ㅠㅠ 저도 동감이에요

—이걸로 에스떱이 보는 눈 없음이 증명됐네 표절곡을 뮤직캠프 1위 곡으로 뽑는 클래스 ㅋㅋㅋ

└이걸 에스떱 탓을 해?

└에스떱 탓 맞는데?

└아니 근데 유명 작곡가 노래도 아니고 신인 작곡가 곡까지 어케 찾아서 거름ㅋㅋㅋㅋ 기획사한테 너무 많은 걸 바라네

└모르겠고 책임은 에스떱이 톡톡히 지겠지 뭐

└거기도 지금 분위기 개판 났을 듯

"이게… 어떻게 된 겁니까?"

대중의 예상대로 SW 엔터에서는 비상 대책 회의가 열리고 있었다.

음원 성적도 좋았고, 음악방송에서는 1위를 차지했던 곡이다.

유니비를 알릴 수 있는 최고의 곡이었는데, 저렇게 기사가 나면서 모든 게 물거품이 되어 가고 있었다.

빠르게 대책을 마련해야 했다.

아프로 비안체는 테이블 건너편에 앉아 깍지를 끼고 있었다.

그의 입꼬리는 굳어 있었고, 무미건조한 표정에서는 그 어떤 감정도 읽어 낼 수 없었지만.

사실, 아프로 비안체는 분노하고 있었다.

그는 미간을 찌푸리며 입을 떼었다.

"들어 봤습니다, 신인 작곡가가 사운드 플라우드에 올렸다는 그 곡을 말입니다."

"……."

회의실의 분위기가 무거워졌다.

A&R 팀 전원이 이미 들어 보았고, 충분히 비슷하다고 느꼈다.

단지 분위기만 비슷한 것이 아니다. 코드가 완전히 일치할 뿐더러 비트마저 유사했다.

표절이냐 아니냐 묻는다면. 법적으로도 표절이 성립될 수준이라고 생각했다.

그래서 사태가 더 심각해진 것이다.

그러나.

여기에는 큰 오류가 하나 있었다.

"비슷합니다. 표절이 맞는데……."

아프로 비안체는 싸늘한 목소리로 말을 뱉었다.

"그놈이 제 곡을 표절한 것 같군요."

"네?"

줄곧 침묵을 유지하고 있던 A&R 팀 직원이 저도 모르게 반문하고 말았다.

아프로 비안체는 그를 돌아보면서 말을 이었다.

"날짜 말입니다. 그 곡이 사운드 플라우드에 올라온 날짜가 있잖아요."

지금으로부터 거의 한 달 반 전이다.

한창 뮤직캠프가 열리고 있을 즈음. 시기상으로 봐도 신인 작곡가가 더 먼저인 듯싶은데…….

"아니죠. 저는 뮤직캠프 3일 차에 중간 작업본을 제출했는데요."

아프로 비안체는 차가운 목소리로 그 점을 지적했다.

뮤직캠프 3일 차면 8월 10일.

사운드 플라우드에 곡이 올라온 날짜는 8월 11일.

대중에게 오픈된 건 9월 16일이니, 그들에겐 사운드 플라우드가 먼저겠지만…….

뮤직캠프에 참여한 당사자들은 알 것이다.

"제가 먼저 쓴 곡입니다. 어떤 쥐새끼가 고스란히 가져가서 템포만 조절했군요. 그것도 하필 최대한 빠른 시기에, 나더러 엿 먹으라고. 아주 고의적으로, 철저히 준비를 한 쥐새끼군요."

아프로 비안체는 이를 악물면서 말을 뱉었다.

"어떤 쥐새끼가 이런 개수작을 부렸단……."

"잠깐만요. 아프로 비안체 님. 그 말씀은……."

A&R 팀 직원이 다시 손을 들었다.

뮤직캠프가 종료된 후라면 차라리 아프로 비안체의 주장이 말이 될지도 몰랐다.

그러나, 뮤직캠프가 한창 진행 중인 상황.

3일 차에 음원을 받은 건 뮤직캠프 담당자뿐이었을 것이다.

"뮤직캠프 진행 와중에는 보안이 철저합니다. 제가 알기로 중간본은 그 자리에서 폐기하는 걸로 알고 있고, 3일 차에 제출하셨다면 다른 작곡가님들도 들을 기회가 없으셨을 것……."

아.

A&R팀 직원의 표정이 순간, 차갑게 식었다.

딱 한 가지 가능성이 머릿속을 스쳤기 때문이었다.

설마.

아프로 비안체는 그 직원을 향해 확신하듯 말했다.

"네, 댁의 회사에 쥐새끼가 한 마리 더 있었던 모양입니다."

　　　　*　　　　*　　　　*

　남이석 대표는 TES를 통해 아프로 비안체의 뒤통수를 아주 세게 후려갈기는 데에 성공했다.

　하지만, 그가 한 가지 간과했던 사실이 있었다.

　그건 아폴론의 성격이 원래 아주 지랄 맞다는 것.

　제 작품이 모욕당하는 걸 참을 수 없었던 아프로 비안체가 무언가 조치를 취하리라는 것을 말이다.

　—아프로 비안체도 슬슬 물러날 때 됐네 ㅋㅋㅋ

　—1위 뺏어 버려야지

　—인간적으로 양심이 있으면 표절곡은 들어 주지 말아야지

　—유니비 팬들은 가만히 좀 있으세요 ㅋㅋㅋ 무작정 편들어 주는 게 능사가 아니라니까?

　그렇게 여전히 커뮤니티가 불타오르고 있을 무렵이었다.

　띠링—

　경쾌한 알림음과 함께 아프로 비안체가 너튜브 라이브에 접속했다.

　동시에, 아까까지 아프로 비안체를 욕하던 댓글창이 조용해졌다.

　대신, 무수한 갈고리들이 떠올랐다.

　—??????????

―아프로 비안체 라이브 켰는데?

―해명 방송인가? 뭐지?

―입장 표명이네 ㅋㅋㅋㅋㅋㅋ

아프로 비안체가 너튜브 라이브를 켜는 것은 결코 흔한 일이 아니었다.

중대 발표가 있을 때나 사용하는 소통 창구를 오늘 오픈한 것이다.

우르르.

빠른 속도로 팬들이 몰려 들어왔다.

아프로 비안체의 라이브엔 원래도 팬들이 많은 편이었지만, 이번 논란과 맞물리면서 평상시보다 배가 되는 사람들이 접속해 있었다.

그중에는 한국인도 있었지만 외국인 팬들도 꽤 많아 보였고.

아프로 비안체는 그들을 위해 영어를 쓰는 대신…….

한숨을 후 내쉬면서, 나지막이 욕을 뱉었다.

"에라이, 시발."

―??????????????

그렇게 라이브가 시작되었다.

*   *   *

—아프로 비안체 한국인이었어?

—시발 방금 본토 발음이었는데?

—뭐야 뭐가 어떻게 된 거야

—뭔지는 모르겠는데 개빡친 표정인데

—??? 표절이 아니었나?

"헤이, 이봐들."

아프로 비안체는 인상을 찡그리면서 배경 화면을 공유했다.

원래라면 극히 비밀로 여겨졌을 아프로 비안체의 작업 화면
이 그대로 너튜브를 통해 송출되었다.

당연히 채팅창도 난리가 났다.

—저거 꺼야 하는 거 아니야?

—작업 파일 다 나오는데요 ㄷㄷ

—아니 그래서 무슨 일로 켠 건데?

—해명이겠지 해명

—무슨 해명 하나 두고 보자

하지만, 정작 아프로 비안체는 별로 개의치 않는 표정이었다.

그에겐 보안 따위의 것보다 명예를 회복하는 것이 우선이었
으니까.

그는 마우스를 딸깍거리면서 〈Live on air〉의 작업 화면을
창에 띄웠다.

"다들 알다시피 이번에 내가 낸 곡 Live on air가 표절이니 뭐

니, 하면서 개소리를 지껄이는 작자들이 있어서 방송을 껐다."

아프로 비안체를 미간을 찌푸리면서 마우스를 흔들었다.

"해명? 변명? 그딴 건 의미가 없어. 두 곡은 표절이 맞으니까."

―????????
―뭔 소리야?
―자폭인가?

"시발, 자폭이겠냐고."

아프로 비안체는 신경질적으로 한숨을 내쉬었고.

그다음으로 그가 띄운 것은 신인 작곡가의 사운드 플라우드 곡이었다.

일반인이 들어도 비슷하게 느껴졌던 두 곡이다.

아프로 비안체는 그것을 전문가적인 관점으로 다시 분석했다.

"도입부의 네 마디가 정확히 일치하는군. 템포를 조절했고, 코드를 일부 바꿨으니까 티가 나지 않을 거라 생각한 모양인데. 이건 표절이라고 할 것도 없어. 내 곡을 그대로 덧대어 일부 수정만 한 수준이야."

비슷하게 베낀 게 아니다.

그냥 복사 붙여넣기를 한 수준이다.

왜냐, 시간이 부족했겠지.

그것이 아프로 비안체가 작업 화면을 공개적으로 띄운 이유였다.

"나는 뮤직캠프 3일 차, 즉 8월 10일에 중간 완성본을 제출

했다. 그리고, 저 개같은 표절곡은 그다음 날 사운드 플라우드에 올라왔지."

―ㅇㅇㅇ??
―엥?
―그러니까 자기가 먼저 썼다고 주장하고 있는 거임?
―아니 근데 신인 작곡가가 무슨 수로 뮤직캠프 곡을 표절해 ㅋㅋㅋ
―그러게 아직 공개되지도 않은 시점 아님?
―아프로 비안체가 변명하는 거지 에스떱 뮤직캠프가 보안이 ㅈㄴ 철저하기로 유명한데

당연히 쉽게 믿어 주는 이는 없으리라고 생각했다.
그러나, 아프로 비안체의 눈은 이미 반쯤 돌아 있었다.
말 그대로 개빡친 탓이었다.
사람들의 말대로 아프로 비안체가 그걸 증명할 방법은 없었다.
뮤직캠프 3일 차에 중간본을 냈다는 것 외에, 아프로 비안체가 더 보여 줄 수 있는 게 없었으니까.
아프로 비안체의 주장에는 허점이 너무 많다.
중간본이 지금의 완성본과 정확히 일치하긴 하는지.
중간본 제출 후 표절을 한 건 아닌지.
SW 엔터에서 사태를 수습하기 위해 거짓말을 하고 있는 건 아닌지까지.
아마 사람들은 신나게도 떠들어 댈 것이다.

하지만, 아프로 비안체는 어깨를 으쓱일 뿐이었다.

"어떻게 내 곡을 받은 건지 궁금한 건 나도 마찬가지다. 그러니, 찾아와라. 네놈의 헛짓거리를 낱낱이 밝혀서 개박살을 내 줄 테니까."

그 한마디를 끝으로, 아프로 비안체는 카메라를 향해 가운뎃손가락을 들어 올렸고.

당연히.

"으아아악, 작곡가님! 진정하세요!"

누군가의 외침과 함께 라이브는 종료되었다.

*　　　　　*　　　　　*

─아프로 비안체 라이브 방송 봄? 엿 날리고 방종 됨 ㅋㅋㅋㅋ ㅋㅋㅋㅋ 뭐지? 뭔가 있으니까 저렇게 빡친 거 같은데?

└아니 변명이라니까

└근데 작업 날짜까지 다 보여 줬잖아

└어쨌든 아프로 비안체가 먼저인 거 같은데

└몰라 복잡해

─만약 저게 사실이라면 완전 억울할 만하지 아니 근데 뮤직캠프 곡이 그렇게 쉽게 유출될 수 있는 건가?

└그게 사실이라면 에스떱이 에스떱 한 거지 뭐…….

└일 잘한다 칭찬했는데 일 터뜨리네 ㄷㄷ

─근데 이 와중에도 라이브온에어 순위는 오르네 ㅋㅋㅋ 이쯤 되면 에스떱의 고도의 노이즈마케팅이 아니었을까?

ㄴㄹㅇ인가?

—아프로 비안체의 주장이 전부 사실이라면 누가 아프로 비안
체를 고의적으로 엿 먹이려고 하지 않고서야 벌어지기 힘든 상황
인 것 맞음 그래서 사람들이 쉽게 믿어 줄 수 없는 것도 있고 ㅇㅇ

　ㄴ그래서 지도 엿 날렸나

　ㄴ아 ㅋㅋㅋㅋㅋㅋㅋㅋㅋㅋㅋㅋ

　ㄴ저 지랄 맞은 성격이면 누군가 정말 엿 먹이려고 했을 수도 ㅋ
ㅋㅋ

처음에는 아프로 비안체를 비난하는 여론이 더 많았다.

사람들이야 늘 그렇듯 자극적인 뉴스를 좋아하고, 아프로
비안체가 표절곡을 냈다는 이슈는 악플러들이 물고 늘어지기
딱 좋은 소재였기 때문이었다.

하지만, 어느 순간부터 여론이 바뀌기 시작했다.

아프로 비안체가 직접 나서서 해명 방송을 한 덕분도 있지만…….
SW 엔터가 더는 가만있지 않고 나선 탓이었다.

하필 지난 이유승의 학폭 논란을 최초 보도한 것도 TES였다.
그 사건 당시 남아 있던 악감정에 불을 지핀 게 이번 건이고.

유니비의 타이틀곡이다. 음악방송 활동을 아직도 뛰고 있는
와중에, 이런 논란이 이는 것은 유니비에게 결코 좋지 않았다.

SW 엔터는 TES 신문사에 빠르게 압박을 넣었고, 그 과정에
서 충격적인 사실이 밝혀졌다.

아프로 비안체의 말마따나 정말 샘플 음원이 SW 엔터 직원
을 통해 빠져나간 정황이 있었던 것이었다.

"미친 거 아니야? 어떻게 그런 일이 있을 수 있어?"

"아니, 그러면 진짜 그 곡을 방송사에 팔아넘겼어……?"

아프로 비안체가 처음 주장했을 때도 반신반의하는 사람이 대부분이었다. 이한나 이사는 아프로 비안체가 분노에 눈이 멀어서 SW 엔터에 그 책임을 돌리는 거 아닌가, 하는 생각까지 했었다.

한데 돈이 눈이 멀어 뮤직캠프의 곡을 판 직원이 알려졌고, SW 엔터는 크게 술렁였다.

당연히 그 직원은 다음 날 SW 엔터에서 잘렸다.

그렇게 논란이 잠잠해질 무렵, 기사가 올라왔다.

이번에는 SW 엔터 측에서 정식으로 낸 기사였다.

＊　　　　＊　　　　＊

[TES에 'Live on air' 샘플 음원 유출, 애초부터 설계된 표절곡이었나?]

―해명 방송 보고도 안 믿었던 사람들 다 튀어 나와라 ㅋㅋㅋㅋㅋㅋ
ㄴ일단 욕해 놓고 봤는데 사실이 아니었죠?
ㄴ와 아프로 비안체 개억울했겠는데
―아니 미친놈 아니냐 자기네 회사 곡을 방송사에 돈 준다고 팔아넘겨?
ㄴㄹㅇ 자기네 애들 미래가 걸려 있는 건데 팔아넘기면서도 이렇게 될 거 예상 못 했을까?
―그러면 TES는 이거 특종 하나 터뜨리겠다고 에스떱의 곡을

빼돌린 거야? 와 진짜 간이 배 밖으로 나왔구나 ㅋㅋㅋㅋ
　ㄴ여전히 이게 진짜 상식적으로 이해가 안 가는 부분임
　ㄴ경찰 조사 결과 곧 나올 것 같드만 빼박으로 나오면 우리들이 이해하고 말 것도 없음
　ㄴ조사 들어갔대용
　ㄴ일단 당사자 직원이 인정했으니 ㅋㅋㅋ

　쾅!
　"하아……."
　남이석 대표는 책상을 세게 주먹으로 내려치며 한숨을 내쉬었다.
　"시발."
　이번에야말로 아프로 비안체에게 완벽한 타격을 줄 기회였다. 실제로 제 여론전이 먹혀 가면서, 아프로 비안체는 명예와 함께 많은 힘을 잃었을 터였다.
　성공적인 계획이었다.
　아니, 그래야만 했었다.
　거의 다 됐는데…….
　충분히 그를 매장시킬 수 있었는데!
　미친놈이 라이브를 켜더니 엿을 날리더라.
　그뿐인가. 무슨 말을 한 건지, SW 엔터가 내부 직원 조사를 주루룩 하더니 돈을 뿌려 놓은 직원마저 들키고 말았다.
　헤르메스와 아폴론을 동시에 보내 버릴 수 있는 기회를 놓친 것이 통탄스러울 정도였다.
　"으윽."

남이석 대표는 배알이 꼴려서 도무지 견딜 수 없었고, 인상을 찌푸리며 자리에서 일어났다.

그 순간이었다.

"……!"

뒤에서 느껴지는 섬뜩한 기운.

본능적인 공포감에 등골이 서늘해지는 것을 느끼면서, 남이석 대표는 천천히 고개를 돌렸다.

설마…….

설마는 늘 그렇듯 사람을 잡는다.

금발에 섬뜩할 만치 푸르른 눈동자.

아프로 비안체의 시선이 자신을 향하자, 남이석 대표는 그대로 굳어 버렸다.

그는 입술을 떼면서 말을 뱉었고.

"오랜만이야, 쥐새끼."

"……!"

남이석 대표가 그 말에 채 대답하기도 전에, 그의 목을 움켜쥐었다.

"커억!"

아테나의 방패를 찾아낸 아프로 비안체라면, 언젠간 제 위치도 알아낼 거라 생각했지만. 예상보다 훨씬 더 빨랐다.

"크억… 억……."

남이석 대표는 아프로 비안체를 떨쳐 내려 안간힘을 썼다.

하지만, 있는 힘껏 당긴다고 하여 아프로 비안체가 꼼짝할 리 없었다.

아프로 비안체는 굳은 표정으로 말을 뱉었다.

"네놈들은 항상 선을 넘지."

"으윽……."

"건드리지 말아야 할 걸 건드렸다."

그것은 먼 옛날 올림포스의 불문율이었다.

신들의 자존심을 건드리지 말아라.

남이석은 그걸 넘어서 아프로 비안체의 명예를 박살 내려 했다.

"크윽……."

남이석 대표는 아프로 비안체의 팔을 세게 움켜쥐었다.

살갗이 패이면서 피가 배어 나왔으나, 그 정도의 악력으로는 아프로 비안체에게서 벗어날 수 없었다.

남이석도 힘도 인간의 수준을 아득히 넘어선 편이었지만, 상대가 아폴론이라면 하등 의미 없는 일이었다.

이대로라면 죽는다.

이대로라면 죽일 수 있다.

둘의 생각이 그리 교차하던 순간.

스으으—.

불길한 보라색 연기가 사방에서 피어올랐다.

"……!"

콜록콜록.

아프로 비안체는 거친 숨을 몰아쉬며 남이석 대표를 놓치지 않으려 했지만.

"이 개자식들이……!"

매캐한 연기 속에서 나타난 상대가 훨씬 더 빨랐다.

아프로 비안체의 시야가 가려진 사이, 남이석 대표를 채 간 정체불명의 상대.

"하아, 제길."

스으으.

마침내 안개가 사라졌을 때는, 남이석 대표가 눈앞에서 사라져 있었다.

*　　　　　*　　　　　*

〈Live on air〉은 뮤직은행을 포함한 음악 방송에서 3관왕을 차지했다.

신인치고 사뭇 엄청난 기록이자, 유니비에게는 처음 쓰는 역사였다.

〈Live on air〉의 표절 의혹까지 벗겨지면서, 유니비는 한숨 돌려 기뻐할 수 있었다. 정식 음악방송 2주 차 활동은 끝이 났지만, 그 뒤에 잡은 예능과 라디오 스케줄은 남아 있었기에 한동안 바쁜 날들이 이어졌다.

1위의 행복을 즐길 새도 없이 바쁜 스케줄들이었다.

그리고.

신서진은 다른 이유로 심각한 표정이 되어 있었다.

"다 잡은 남이석을 놓쳤다고요?"

신서진은 아직 남이석 대표의 상대가 되지 못했다. 아프로 비안체 정도는 되어야 그를 압도할 수 있을 테니, 이번 일은 아프로 비안체에게 전적으로 맡겼었다.

이번 표절 건 때문에 개인적인 악감정이 하늘을 찌르고 있었기도 했고.

복수의 기회를 온전히 주려던 생각이었다.

그런데, 남이석을 놓치다니.

하지만, 신서진은 이미 충분히 자책하고 있는 아프로 비안체를 탓할 수 없었다.

"놈을 죽여 버리려 했는데, 누가 나타났어."

"그 상황에서 베짱 좋게 나타난다고요?"

"어찌나 재빠르던지 누군지도 보지 못했어."

시야가 가려지니 제대로 대처할 수 없었고, 놈은 순식간에 남이석을 채 갔다고 했다. 바로, 그 점이 의문이다.

신의 시야를 가릴 수 있는 연기.

말이 쉽지, 평범한 연기에 아프로 비안체가 그리 속수무책으로 당했을 리 없었다.

아프로 비안체는 골똘히 생각에 잠긴 표정으로 덧붙였다.

"아, 그리고 이상한 게 하나 있더군."

신서진은 두 눈을 크게 뜨고 아프로 비안체를 돌아보았다. 그는 턱을 천천히 쓸어내리더니 조심스레 입을 떼었다.

"익숙한 기운이 느껴졌어."

"익숙한 기운이라면……."

"뭔가 말로 표현할 수는 없지만……. 그러니까, 올림포스의 기운이라고 해야 하나."

"예?"

다른 사람도 아닌 아프로 비안체가 그렇게 느꼈다면, 정말 그의 말이 맞을 확률이 높았다. 그러나, 이어지는 뒷말은 신서진도 쉽사리 믿을 수 없는 내용이었다.

아프로 비안체는 고개를 갸웃거리다가 조심스레 입을 떼었다.

"신이 놈을 돕고 있는 듯해."

"왜요?"

올림포스를 무너뜨리는 것이 남이석의 목적이다.

올림포스의 신이라면, 남이석을 도울 이유가 없지 않나.

반인반신의 존재.

남이석이 어떤 삶을 살아왔는지는 눈에 그리듯 뻔했다.

약 이십 년 전, 헤라 여신의 꼭지가 한 번 돌았던 때를 생각하면 무슨 일인지 추측이 아예 안 되는 것도 아니었다.

신의 분노 때문에 제 가족을 전부 잃어버린 남이석이라면 그럴 수 있다.

하지만.

"그럴 리가 없잖아요. 대체 누가……."

모두가 쇠약해진 시기다.

예전이라면 이해관계 때문에 서로 치고받고 했다지만, 시간이 많이 흘러 버린 이제 와서 그럴 이유가 있단 말인가.

아폴론과 헤르메스도 그러했다.

예전의 힘을 잃은 올림포스에서 미묘한 유대감을 느끼면서, 함께 이 척박한 세상을 버티고 있는 중이었다.

그런 와중에 자신이 나고 자란 올림포스를 무너뜨릴 생각을 하는 이가 있다니.

신서진은 그 사실을 도무지 납득할 수 없었다.

"글쎄다."

아프로 비안체는 씁쓸한 표정으로 중얼거렸다.

"누군가는 다른 생각을 하고 있었던 모양이지……."

*　　　　*　　　　*

SW 엔터가 노린 것이 노이즈마케팅은 아니었을 테지만, 결과적으로는 그리되었다.

〈Live on air〉는 표절곡으로 먼저 이슈가 되었다가.

—그러니, 찾아와라. 네놈의 헛짓거리를 낱낱이 밝혀서 개박살을 내 줄 테니까.

아프로 비안체가 엿을 날리는 영상으로 재차 이슈가 되었다.

그 뒤로 17위에 머물렀던 〈Live on air〉은 조금씩 순위가 올라 5위로 급상승을 했다.

물론, 그만한 순위 상승이 일어난 데엔 노래 자체가 좋았던 덕이 컸을 것이다.

모든 일은 나비효과처럼, 때론 전혀 생각지도 못한 방향으로 가 버리고는 한다.

미국의 무명 음악평론가, 마틴 로버트는 〈Live on air〉의 성공에 집중했다.

그는 K—POP에 상당한 관심이 있는 평론가였고, 아프로 비안체를 개인적으로 존경했다.

그러니 아프로 비안체가 K—POP을 작곡했다는 소식이 들려왔을 때부터, 그는 이미 목이 빠져라 기다리고 있었다.

그렇게 나온 곡은 완벽했다.

그간 자신이 들어 온 K—POP 아이돌곡 중에서 최고의 수준이라고 자부할 수 있을 만한 곡이었다.

"와우… 말도 안 돼. 이게 아프로 비안체가 쓴 곡이라고?"

자신이 알아 온 K—POP보다는 조금 더 POP의 느낌이 가까운 곡이긴 했지만, 그것조차 아프로 비안체의 매력을 고스란히 녹여 내고 있어서 감탄만 나왔다.

그사이에 표절 논란이 터졌고, 한국에서도 그 문제로 이래저래 시끄러웠던 모양이었지만. 문제가 잘 해결되었을 때는 제일처럼 기뻤다.

자신의 우상인 아프로 비안체가 그렇게 사람들에게 공격받는 모습을 보고 싶지 않았다.

"한국에서 낸 노래가 아니었다면 빌보드를 뒤집어 놨을 거야."

현지에서도 유명세를 타고는 있으나, 아직 미국에서는 K—POP이 주목받고 있지 못하는 시점이었다.

마틴 로버트는 그 점이 늘 아쉬웠다.

'아프로 비안체가 K—POP을 썼대!'

'무슨 일인지 표절 시비에 휘말려서 팬들에게 엿을 날렸다더군.'

단순히 그런 가십거리로만 떠돌아다닐 곡이 아니란 말이다.

마틴 로버트는 혀를 끌끌 차면서 중얼거렸다.

"이 명곡을 알려야 하는데 어쩐다……."

그렇게 단순한 팬심에서 시작된 평론 글.

마틴 로버트는 키보드 위에 손을 올렸다.

이것은 평론글이자 아프로 비안체를 향한 존경을 담은 편지이기도 했다.

⟨아프로 비안체, K—POP의 역사에 한 획을 긋다⟩

지난 9월 16일, 한국의 신인 아이돌 '유니비'는 미니앨범 1집으로 유닛 데뷔를 알렸다. 해당 앨범의 타이틀곡 'Live on air'를 작곡한 것은 모두가 잘 아는 이름, 음악계의 거장 아프로 비안체였다.

아프로 비안체는 이번 곡으로 K—POP에 첫 도전장을 내밀었다.

그에겐 익숙하지 않은 장르였을 것이다.

이번 앨범의 의도된 콘셉트는 '원색'이다.

아프로 비안체는 지나친 기교를 빼는 대신, 멤버들의 색깔을 고스란히 담아낼 수 있는 원색의 곡을 만들어 냈다.

뮤직비디오를 통해서도 이런 느낌을 받을 수 있는데, 감성적인 멜로디에 리드미컬한 비트. 체계적으로 넣은 곡의 요소들까지, 아프로 비안체의 장점만 살려 낸 명곡이라는 사실을 그 누구도 부정할 수 없을 것이다.

'Live on air'가 아프로 비안체의 은퇴곡이라는 소문이 돌고 있다.

필자는 위대한 음악가가 계속해서 좋은 곡을 써 주기를 희망한다.

마지막까지 마틴 로버트의 팬심이 짙게 느껴지는 평론 글.

그는 그렇게 평론 글을 마무리 지었고, 자주 가는 평론 커뮤니티에 글을 올렸다.

무명 평론가이기에 당연히 몇 개의 댓글만 달렸을 뿐 별다른 반응이 없었다. 애초에 반응을 기대하고 올린 글은 아니었다.

이미 아프로 비안체를 찬양하는 평론 글은 한두 개가 아니었으니 말이다.

그렇게 글을 쓴 당사자, 마틴 로버트조차 평론 글을 잊고 지낼 즈음이었다……

＊　　　　＊　　　　＊

"촬영 다시 들어가도록 하겠습니다! 슬레이트!"

"컷!"

"컷!"

해외의 촬영장과 국내의 촬영장은 그 분위기가 크게 다르진 않다.

그건 할리우드 역시 마찬가지였다.

복작복작 모여서는 정신없이 촬영을 이어 간다는 점에서 비슷하다는 것이다.

할리우드의 유명 여배우.

아실리 프레슬은 간이 의자에 앉은 채 다리를 꼬았다.

그녀는 대본집을 스윽 한 번 읽어 보다가, 다시 스마트폰을 꺼내 들었다.

이런 정신없는 환경에서도, 그녀가 꼭 챙겨 보는 것이 있었다.

바로 음악평론가들이 올린 평론 글이었다.

특별히 장르를 국한하지는 않았다. 그녀는 모든 장르의 음악

을 좋아했고, 한때는 가수가 되고 싶었을 만큼 대중음악을 사
랑했다.

물론 지금은 배우로서 정상에 서서 남부럽지 않은 삶을 살
고 있지만 말이다.

그때, 아실리의 두 눈에 들어온 글이 있었다.

〈아프로 비안체, K-POP의 역사에 한 획을 긋다〉

"아프로 비안체?"

아실리는 알겠다는 듯 피식 웃음을 흘렸다.

평론 글을 챙겨 보는 게 일이니까, 대충 어떤 소식인지는 짐
작했다.

아프로 비안체가 'Live on air'라는 곡을 썼다더라.

팝송만 써 온 사람이 무슨 바람이 불어 K-POP에 도전했는
지는 모를 일이다.

아실리는 따분한 대기 시간을 보내면서 평론 글을 정독했다.

그러다가 마지막 구절을 보고선 눈썹을 움찔거렸다.

'Live on air'가 아프로 비안체의 은퇴곡이라는 소문이 돌고 있다.

필자는 위대한 음악가가 계속해서 좋은 곡을 써 주기를 희망한다.

"이게 은퇴곡이라고?"

K-POP은 아실리에게 너무 낯선 장르였다.

그래서, 아프로 비안체의 곡이 나왔다고 했을 때도 따로 챙

겨 듣지는 않았다.

그녀는 빌보드에 있는 곡만 취급할 뿐, 굳이 심해에 묻혀 있는 곡들을 발굴하는 편은 아니었다.

하지만, 그 대단한 거장의 은퇴곡일 수도 있다니.

안 들으면 섭섭할 것 같은데.

"자, 씬 23!"

시끄럽게 떠드는 소리를 보아하니, 아직 그녀의 차례는 아니었다.

'들어 봐야겠어.'

아실리는 줄 이어폰을 꺼내어 귀에 꽂았다.

아프로 비안체의 명곡이라는 'Live on air'.

첫 소절이 흘러나오자마자, 아실리는 눈을 감았다.

그때까지만 해도 아실리는 별생각이 없었다.

그런데.

구름 낀 하늘 아래
멀리서 네 목소리가 들리면
I' will dive 네가 있는 곳으로 헤엄칠 거야

그녀가 전혀 이해할 수 없는 가사의 내용.

아실리는 두 눈을 끔뻑이며 노래에 집중했다.

부드러운 목소리가 귓가를 간질였다.

어차피 닿지 못할 걸 알면서도

네 목소리가 바람을 타고 날아와
자꾸 내 귀에 속삭이는 것 같아

이해할 수 없는데.
무슨 뜻인지는 하나도 모르겠는데.
하지만, 진정한 명곡은 언어가 상관없다고 했던가.
아실리는 노래를 가슴으로 이해하기 시작했다.

Live on air
Live on air
May be 언젠간 너를 만날 수 있을지 몰라
다시 만나게 될지도 몰라

"뭐야……."
아실리는 자신도 모르게 고개를 까닥이면서 노래에 몰입했다.
이곳이 촬영장이라는 것도, 순간 잊을 뻔했다.
"아실리! 아실리!"
그녀의 매니저가 다급하게 그녀를 부를 때쯤에야, 아실리는
벌떡 자리에서 일어났다.
아.
"맙소사."
겨우 3분 14초의 시간 만에 천국에 다녀온 기분이다.
아실리는 믿을 수 없다는 듯 탄성을 터뜨렸다.
아프로 비안체의 은퇴곡.

그리고, 이토록 아름다운 곡을 들을 수 있게 해 준 평론가.

"최고의 곡이었어."

아실리는 감격한 얼굴로 고개를 저으면서 휴대전화를 꺼내었다.

Best Album.

그녀는 짧은 한 줄의 평과 함께 SNS에 평론 글을 태그했다.

*   *   *

같은 시각.

끔뻑끔뻑.

최성훈은 두 눈을 옷소매로 비볐다.

너무 비벼서 눈이 붉게 충혈될 정도였다.

눈을 씻고 다시 봐도 분명했다.

"뭐야……? 뭐가 어떻게 된 거야?"

데뷔 이후로 맨날 들어가서 확인했던 뮤직비디오의 조회수.

그중 〈Live on air〉는 데뷔곡에 비해서 압도적인 조회수를 자랑하고 있었다.

그건 유니비의 자랑이었고, SW 엔터조차 뿌듯해하는 사실이었다.

그런데.

음악방송 활동은 진작에 끝났고.

팬 미팅과 팬 싸인회 행사도 전부 끝이 난 데다가, 라디오랑 예능 스케줄만 종종 잡히고 있을 이 시점에…….

갑자기 조회수가 오른다.

아니, 그것도 미친 속도로 오르고 있었다.

어떻게 된 일이지?

뭐가 어떻게 돌아가는 거지?

유니비 멤버들은 입을 떡 벌린 채 올라가는 조회수를 멍하니 지켜보았다.

그때, 차형원이 믿을 수 없다는 듯 말을 뱉었다.

"이 숫자가 다 뭐야……?"

Chapter. 3

〈아프로 비안체, K-POP의 역사에 한 획을 긋다〉

　마틴 로버트라는 음악평론가가 쓴 글은 사실 그대로 묻힐 뻔했다. 하지만, 할리우드 스타 아실리 프레슬이 그 글을 끌어 올리면서, 평론 글의 조회수는 순식간에 불어났다.

　한태무 대표는 믿을 수 없다는 듯 그 평론 글을 다시 읽어 보고 있었다.

　아프로 비안체가 K-POP의 역사에 한 획을 그었는지는 모르겠는데, 확실히 저 평론가는 유니비의 역사에 한 획을 그었다.

　한태무 대표는 소파에 옹기종기 모여 앉은 다섯 녀석을 돌아 보았다.

　긴장한 듯 고개를 떨구고는 있지만 귀가 이미 빨갛게 달아

오른 것이, 하나같이 흥분한 얼굴들이었다.

그도 그럴 수밖에 없는 게.

고작 데뷔한 지 1년도 안 된 신인이 저만한 관심을 받아 본 적이 있었겠는가.

한성묵 팀장 역시 상기된 얼굴로 신서진의 어깨에 손을 얹었다.

"너네 지금 무슨 일어난 건지 알지? 할리우드 스타가 너네 곡의 평론 글을 태그했다고."

"어쩐지 너튜브 조회수가 미친 속도로 늘어나더니……. 막 외국 팬들 댓글이 엄청 달리는 거예요."

"와, 진짜 이게 무슨 일이야……."

한태무 대표는 그 모습을 보면서 애써 태연한 척 흐뭇한 미소를 지어 보였다. 하지만, 그 역시 심장이 빠른 속도로 뛰어 대고 있었다.

이번 앨범, 한태무 대표로서도 상당히 자신이 있던 앨범이었다.

음원차트 상위권을 노려볼 수 있을 만한 곡이라고 생각했다.

한데, 해외까지는 미처 생각하지 못했다.

거기서는 한창 인지도를 쌓아야 할 때였다.

주목을 받는다 해도 그건 조금 훗날의 일이다.

그런데, 이렇게 해외 팬들이 많은 관심을 보여 줄 줄이야.

한태무 대표들도, 멤버들도.

이 상황 자체가 마냥 얼떨떨하기만 했다.

누구 하나 쉬이 이 감격스러움을 표현하지 못했다.

어디서 그런 말을 들은 것 같다.

누구에게나 살면서 한 번의 기회는 찾아온다고.

유니비는 엄청난 기회를 잡았다.

살면서 이만한 주목을 받아 본 적이 없으니, 사뭇 낯설 만도 한 기회였지만…….

그래도 좋았다.

"누가 그러는데 성공은 한순간이라더라."

한태무 대표는 담담한 목소리로 말을 뱉었다.

그다음 말이 무슨 말일지는 말하지 않아도 알았다.

"떨어지는 것도 한순간이지만."

"네에……."

한태무 대표 역시 한순간에 성공한 사람이다.

하지만, 그 '한순간'이 결코 찰나의 순간을 의미하지는 않았다.

그간 쌓아 왔던 노력들이.

그 무수한 시간들이.

'한순간'을 만나 환하게 빛을 낼 뿐이다.

"초심 잃지 말고 열심히 해라, 애들아."

"네엡!"

기회를 만났으니, 다음 앨범을 통해 비상하여야겠지.

한태무 대표는 흐뭇하게 웃으면서 애들을 돌아보았다.

아, 희소식이 하나 더 있다.

"이번 평론 글 때문인지 해외 스케줄이 많이 들어오더라고. 이참에 확실히 얼굴도 각인시킬 겸, 몇 군데 내보낼 생각이야."

"어… 저희 그러면 해외 나가는 거예요?"

"그래."

이유승이 놀란 눈을 끔뻑이며 얼어 버렸다.

"와……!"

데뷔한 지 얼마 안 되서 국내 스케줄만 돌리느라 그랬지, 사실 지금쯤이면 해외 스케줄이 잡혀야 할 때기는 했다.

원래 SW 엔터가 먼저 보내는 쪽은 가까이에 있는 일본이나 중국이었으나, 이번에는 조금 예외였다.

바다 건너 미국에서 호응이 왔는데, 당연히 그쪽부터 먼저 투어를 돌아야지.

한태무 대표는 탁자를 손으로 짚으면서 말을 이었다.

"스케줄은 자세히 정해지면 말해 줄 테니, 다들 나갈 준비는 하고 있어라."

"네엡!"

"네에에!"

유니비는 일제히 우렁찬 목소리로 대답했다.

바로 그때였다.

잠시 대표실 밖으로 소란이 일었다.

"대표님!"

"음?"

마케팅 팀 직원이 냅다 뛰어 들어온 것이었다.

벌컥―.

생각보다 문이 열리는 소리가 커서, 신서진은 움찔거리며 고개를 들었다.

마케팅 팀 직원은 벌겋게 달아오른 얼굴로 허리를 숙였다.

"아, 죄송합니다. 조금 급한 일이라서!"

"무슨 일인가?"

한태무 대표는 시선을 돌리며 남자를 응시했다.

이윽고, 그의 입에서 흥분한 듯한 목소리가 튀어나왔다.

그 내용은 유니비가 듣기에도 놀라운 내용이었다.

"Live on air가 지금 막 빌보드 차트 인을 했다는데요!"

*　　　　　*　　　　　*

K—POP 가수의 빌보드 차트 인은 결코 쉬운 일이 아니다.

올해까지 K—POP의 역사상 한국 가수가 빌보드 차트 인을 한 것은 총 세 번.

'이태원 스타일'이 빌보드 차트 2위를 찍으며 해외에서 K—POP 열풍을 불러오긴 했지만, 그것은 기적과도 같은 일이었다.

그런데, 신인 가수가 빌보드 차트 인을 하다니.

그것도 순위가 무려 74위였으니, 실로 엄청난 기록이었다.

남자 아이돌로서는 최초라고 할 수 있는 수치.

유니비는 그 어마어마한 기록과 함께 라디오에 참석했다.

"Be the one! Be your unit! 안녕하세요, 유니티지입니다!"

에이틴 시절 출연했던 '해와 달의 라디오' DJ 최혜원. 그녀는 예전과 같은 모습으로 유니비를 반갑게 맞이했다.

"어우, 되게 오랜만에 만나는 것 같아요."

"저희도 그렇습니다. 입구에서부터 너무 반겨 주셔서… 정말 감사했습니다!"

이유승이 웃으면서 시작 멘트를 끊었다.

그때는 교복까지 입고 나와서 학생인 티를 물씬 냈었는데, 1년도 안 되는 시간 동안 갑자기 데뷔를 하더니만 빌보드 차트 인까지 하는 괴물 신인으로 폭풍 성장 했다.

게다가 오늘은 〈Live on air〉가 국내 음원 차트 1위를 찍으면서, 겹경사의 날이 되었다.

DJ 최혜원은 그런 유니비를 축하했다.

"이번에 컴백한 〈Live on air〉가 국내 팬들뿐만 아니라 해외 팬들한테도 엄청난 인기를 끌고 있잖아요. 빌보드 차트인 축하드려요."

"아, 감사합니다!"

라디오만 봐도 이전보다 훨씬 많은 팬들이 접속해 있었다.

얼핏 봐서는 국적도 다양해 보인다.

최혜원은 웃으면서 최성훈을 돌아보았다.

"요새 엄청 바쁘죠?"

"스케줄이 엄청 늘어서 여기 왔다 저기 갔다 하고 있습니다."

"하하, 솔직해서 좋아요."

최혜원은 은근한 눈빛으로 질문을 이어 갔다.

빌보드 차트 인까지 하게 된 현시점 가장 핫한 라이징 스타, 팬들이 유니비에게 가장 궁금해할 만한 소식이었다.

"그러면 이렇게 바쁜 와중에, 유니비가 준비하고 있는 게 또 있을까요?"

대본상에 있는 내용이다.

마이크에 얼굴을 가져다 댄 신서진이 입을 떼었다.

"저희 현재 해외 스케줄 몇 개 들어온 것이 있어서 그걸 준비할 것 같고……."

빠르게 올라가는 댓글창이 신서진의 시야에 들어왔다.

팬들이 입을 모아 외치는 말이 있었다.

―콘서트!
―콘서트는요?
―국내 안 돌아요?

신서진은 씨익 웃으면서 말을 뱉었다.

"콘서트도 조만간 좋은 소식이 있을 것 같습니다."

―꺄아아아아아
―와 미친 국내 투어부터 도는가 본데?
―미친 유니비 단콘 가나요!!!!
―개같이 존버해서 얻어 낸 콘서트 에스떱 일하는구나 ㅠㅠㅠ
―하 ㅠㅠㅠㅠ 얘들아 통장 털어서 갈게

잠깐만.

"……?"

아직 결정된 게 없을 텐데?

차형원은 당황한 얼굴로 신서진을 돌아보았고, 저 건너편에서 고선재 매니저의 비명이 들린 듯하다.

"어, 어. 서진이의 의견입니다."

차형원이 마이크를 뺏어 다급히 수습하려 했지만 이미 때는 늦었다.

—ㅋㅋㅋㅋㅋㅋㅋㅋㅋㅋ서진이가 스포해 버렸네
—형원이 당황한 거 봐
—콘서트 대형 스포 감사합니다 ㅠㅠ

어쩔 거야, 다들 진짜 하는 줄 알잖아!
차형원은 신서진을 돌아보며 눈으로 욕했지만, 정작 당사자는 더없이 태연했다.
'조만간 하긴 할 텐데?'
'조만간'의 기준이 일반적인 인간들의 생각과 조금 달랐을 뿐이다.
어쨌든 곧 하겠지, 뭐.
카메라 뒤쪽에서 황급히 X자를 치고 있는 고선재 매니저.
"크흠."
그의 다급함을 확인한 최혜원은 웃으면서 자연스레 화제를 돌렸다.
"제가 또 유니비 친구들에게 궁금한 게 있는데요."
"넵!"
"유니티지 데뷔 앨범 때는 9명에서 준비를 했는데, 이번에는 다섯 명이 준비하면서 좋은 점과 나쁜 점이 있었을까요?"
차형원은 화제가 돌려진 것에 속으로 안도하면서 대답을 준비했다.

"네. 좋은 점은 아홉 명일 때보다 동선이 조금 더 쉽다는 거?"

"아, 인원이 많을수록 꼬이니까?"

"그렇죠. 그런데, 아쉬운 점이 되게 컸던 것 같아요."

"오, 이유가 어떻게 되나요?"

"메인보컬의 부재 때문인 것 같습니다."

"아~ 유민하 친구?"

차형원은 고개를 끄덕이면서 말을 이었다.

"고음은 확실히 민하가 전문이라서, 아 여기서 이렇게 질러 줬으면 좋았을 텐데, 하는 부분이 좀 있었습니다. 특히 수록곡에 피치가 높은 노래가 조금 있어서……."

"아아, 그랬구나. 확실히 민하의 빈자리가 크게 느껴졌겠네요."

최혜원은 흐뭇하게 웃으면서 대본을 내려다보았다.

그녀는 자연스럽게 다음 질문으로 넘어갔다.

"유니비가 이번 앨범으로 엄청난 성장을 했잖아요."

음원차트 1위에, 너튜브 역대 조회수.

마지막으로 빌보드 차트 인까지.

유니비의 자체 기록을 세운 첫 미니앨범이었다.

최혜원이 물어본 것은 솔직한 소감이었다.

"기분이 어때요?"

"어우, 너무 좋습니다."

"뭐가 가장 좋은지 물어봐도 될까요?"

가장 먼저 대답한 것은 이유승이었다.

"그냥 많은 분들이 이렇게 애정 어리게 저희를 지켜봐 주시고, 저희의 곡으로 많은 힘을 얻었다. 노래가 너무 좋다, 해 주실 때 괜히 뿌듯하고 그러더라고요."

　—효자돌 유승아 ㅠㅠㅠ
　—팬들 마음 알아주는 거 봐
　—하……. 이 맛에 덕질한다
　—유승아 ㅠㅠㅠㅠㅠㅠㅠㅠㅠ

정석적인 답변에 고선재 매니저의 입가에도 미소가 걸렸다.
그다음으로, 마이크를 건네받은 것은 허강민이었다.
"저는 해와 달 라디오 처음 출연하는데……."
"아, 에이틴 때 없었으니까?"
"네네. 이런 영광스러운 라디오에 출연할 수 있어서, 어우,
이러려고 앨범이 잘된 건가 싶습니다."
"어머, 제 라디오 출연하려고요?"
"그럼요. 그럼요."

　—아 ㅋㅋㅋㅋㅋㅋㅋㅋㅋㅋ 사회생활 잘하네
　—강민이의 사회생활 ㅋㅋㅋㅋ
　—애가 언제 저렇게 능청스러워졌지

능청스레 그 말을 뱉은 것치곤 귀는 빨갛게 달아올라 있었다.
방금은 진짜 허강민답지 않은 답변이었다.
'저 녀석이 저럴 성격이 아닌데.'
신서진은 웃음을 참으면서 그 모습을 지켜보았다.

"후우……."

파르르― 떨리는 눈꺼풀을 보아하니 적잖이 떨어 댄 기색이
었다.

그렇게 내 동료의 비즈니스에 정신이 팔려 있던 순간, 최혜원
의 질문이 신서진에게도 훅 들어왔다.

"서진 씨는요?"

"아."

신서진은 마이크에 다시 얼굴을 처박았다.

쿵―.

―ㅋㅋㅋㅋㅋㅋㅋㅋㅋㅋㅋㅋㅋㅋㅋㅋㅋㅋ

―뭐 하냐고 ㅋㅋㅋㅋㅋㅋ

"어, 서진 씨. 그 자리에서 그냥 말씀하셔도 돼요. 마이크
성능 좋아요."

"아, 그런……."

아까부터 계속 몸을 기울이더니만, 마이크 안 들릴까 봐 그
런 거였나.

라디오 원투데이 하는 것도 아니고, 아직까지 얼타고 있는
신서진의 모습에 최성훈은 웃음을 쿡쿡 터뜨렸다.

신서진은 애써 태연한 얼굴로 웃어 보였다.

"다시 질문할게요. 이번 앨범 잘되어서 뭐가 제일 좋아요?"

아.

가장 좋은 건 아무래도…….

음.

"강해진 게 좋습니다."

한 치의 망설임도 없는 당당한 대답.

최혜원은 웃음을 참는 걸 실패하고 말았다.

"푸흡, 강해졌다는 게 어떤······."

"외적으로도 내적으로도 한 단계 성장했다, 뭐 그런 의미인 것 같습니다!"

역시 이번에도 수습은 차형원의 몫이다.

신서진은 뿌듯한 얼굴로 고개를 끄덕였다.

"네, 맞아요."

하지만, 진짜 그 말이 내포하고 있는 의미는 달랐다.

강해져서 좋다.

'물리적으로' 강해진 것이 만족스럽다는 소리였으니까.

'강해지고 있다.'

그 말인즉슨, 놈들을 족칠 날이 가까워져 오고 있다는 의미 겠지.

신서진은 그렇게 확신했다.

*   *   *

같은 시각, 라디오에서 흘러나오는 말을 듣고 있던 한 사람 의 얼굴이 굳어졌다.

뚝.

남이석 대표는 신경질적으로 라디오를 꺼 버렸다.

―강해진 게 좋습니다.

신서진이 재수없게 뱉은 저 말이 어떤 의미인지, 남이석 대표는 이해했기 때문이었다. 이번 일로 유니비는 상당한 유명세를 얻었다.

당연히 그에 비례하게 신서진의 힘도 강해졌겠지.

예전이라면 그 사실 자체에 덜덜 떨었을 것이다.

하지만, 지금의 남이석은 그런 일로 위기감을 느끼지는 않았다.

신서진이 강해지고 있다면 남이석 대표 역시 강해지고 있다.

그의 등 뒤로 검은 그림자가 다가섰다.

남이석 대표의·후원자. 그를 물심양면으로 돕고 있는 남자가 입을 열었다.

"내가 말한 방법이 효과가 있을 것 같은데."

"네, 그렇습니다."

남이석 대표는 주먹을 세게 움켜쥐었다.

푸른 핏줄이 올라오면서 뼈가 뚜두둑, 마치 재배열되듯 삐걱였다. 겉보기와 달리 고통은 느껴지지 않는다. 마치 이 힘이 원래 남이석의 일부였던 것 같은 자연스러움이다.

마음만 먹으면 책상도 종잇장처럼 구겨 버릴 수 있는 악력이었다.

지금의 상태라면 아프로 비안체를 이기지는 못해도, 지난번처럼 무력하게 당하지는 않을 것이다.

태초부터 없던 힘을 깨운 것은 아니다. 제 몸에 흐르고 있는 반신의 피, 단지 그 힘을 깨웠을 뿐이니 부작용도 없었다.

게다가, 남이석은 반신의 힘을 쓰는 데에 이전보다 훨씬 익숙해졌다.

물론, 이는 수많은 이들의 피를 본 결과였다.

남이석은 무미건조한 시선으로 죽어 버린 자들을 내려다보았다.

죽여도 별로 문제가 되지 않을 놈들로, 남자가 선별해 온 인간들이었다.

저들을 죽이고 힘을 키운다. 남이석 대표도 처음에는 거부감을 느꼈던 방식이었다.

하나, 인간은 적응이 빠른 법이다.

아프로 비안체에게 죽을 뻔한 이후로, 남이석 대표는 조금의 죄책감마저 확실히 내려놓았다.

'사는 게 먼저야.'

힘을 쟁취할 수록 거리낌이 없어진다.

그의 두 눈은 언제나 차갑게 식어 있었고, 남자는 그런 모습을 보면서 남이석 대표를 처음 만났을 때와 많이 달라졌음을 실감했다.

'신들을 모두 죽여 버릴 겁니다. 이 세상에서 반드시 사라지게 하겠습니다.'

'인간들의 땅이니, 인간들에게 내주어야 합니다. 다 낡아 버린 올림포스 같은 건 21세기에 필요하지 않으니까요.'

시퍼런 눈길로 자신을 올려다보며 쏟아 냈던 분노의 말들.

정의에 가득 찬 그때의 목소리가 남자의 마음을 흔들었다.

몇천 년 동안 아껴 두고 있던 복수의 마음을 다시 태워 놓았다.

그때 자신이 봤었던, 혈기왕성한 스무 살의 청년은 어디로 갔는가.

남자는 그런 생각을 하다가 중얼거렸다.

"인간을 죽여야 강해지는 반신이라니……."

그러고는, 피식 웃음을 흘렸다.

"참 아이러니해. 너의 존재야말로 인간들에게 해가 되지 않나."

그 한마디에, 남이석 대표는 남자를 천천히 돌아보았다.

그 말을 곱씹어 보듯, 남이석 대표는 홀로 중얼거렸다. 그의 차가운 시선이 허공에 닿았다.

어쩐지 틀린 말은 아니라서.

인정할 수밖에 없었다.

"맞는 말이네요."

남이석 대표는 자조 섞인 웃음을 뱉으며, 담배를 입에 꺼내 물었다.

그러나.

"돌이키기엔 멀리 왔군요."

그것 역시 부정할 수 없는 사실이었다.

*　　　　*　　　　*

띠리링—.

띠리링—.

전화벨이 요란하게 울려 퍼졌다.

라디오 스케줄이 끝나자마자 걸려 온 전화에, 신서진은 놀란 눈이 되었다.

발신인이 아프로 비안체였기 때문이었다.

녹음실에서 만났을 때 전화번호를 받아 오긴 했으나, 그가 문자도 아닌 전화로 직접 전화를 걸어오는 것은 이례적인 일이었다.

그도 그럴 것이, 둘이 나누는 이야기는 제3자가 들었을 때 위험한 요소가 다분했기 때문이었다.

혹시 전화로 할 만큼 급한 일이었나.

"무슨 일이세요?"

신서진은 목소리를 낮춰 전화를 받았다. 심각한 일인가 싶었는데, 다행히 목소리는 밝았다.

수화기 너머로 아프로 비안체의 들뜬 목소리가 들려왔다.

─1등 축하한다! 회사로 화환 보냈다.

"아."

신서진은 피식 웃음을 흘렸다.

〈Live on air〉가 발매된 지 벌써 한 달이 지났는데, 좀체 상위권에서 내려오질 않더니만, 빌보드 차트 인과 함께 또다시 순위가 올라가기 시작했다.

그렇게 마침내.

국내 차트 1위를 찍었다.

그것도 3일 연속 말이다.

DJ 최혜원한테 이미 귀가 닳도록 응원을 받았다.

신서진은 심드렁한 목소리로 대답했다.

"화환까지 보내실 필요는 없는데요."

―내 자신한테 보내는 화환이다. 나도 1등 작곡가야.

"그게 중요하세요?"

―당연한 거 아닌가?

이미 1등은 숱하게 한 양반이, 집에 가면 트로피가 그득그득 쌓여 있을 텐데도 제법 즐거웠던 모양이다.

뭐, 그런 건가?

1등은 언제나 새로워. 늘 짜릿해.

오랜 세월 동안 닳을 대로 닳아 버린 감정이었다.

그런 신서진조차 1위 발표가 났을 때는 심장이 터져 버릴 것 같았으므로, 썩 이상한 감정도 아니기는 했다.

원래 이런 날에는 유난도 좀 떨어 줘야지.

신서진은 미소를 지으며 아프로 비안체에게도 축하 인사를 전했다.

"네, 축하드립니다. 작곡가님."

이리도 그를 사무적으로 대하는 이유는, 바로 옆에 있는 고선재 매니저 때문이었다.

'아프로 비안체'라는 이름이 들리자마자, 고선재 매니저의 귀가 쫑긋거렸다.

아닌 척 엿듣고 있으면 모르겠는데, 너무 대놓고 이쪽을 쳐다보고 있는 중이다.

그는 동그랗게 눈을 뜨고선 신서진에게 입모양으로 물었다.

'작곡가님이야?'

'넹.'

'와, 연락처 받아 가셨어?'

'넹.'

'와! 진짜로?'

부담스러울 정도로 가까운 거리에서 소리 없는 탄성을 내뱉고 계시다.

역시 그때 기억을 지워서 망정이지. 멀쩡히 내버려 뒀으면 참새, 참새거리면서 자신을 쫓아다녔을지도 모르는 일이다.

신서진은 자세를 고쳐앉으며 물었다.

"아, 그런데. 그 얘기 하러 전화하신 거예요?"

─아니, 다른 것 때문이지.

낮게 깔린 아프로 비안체의 목소리가 이어졌다.

─다른 축전이 하나 더 갔을 텐데.

"네?"

신서진이 듣기엔 다소 뜬금없는 한마디.

─방송국 쪽 사람 하나도 같이 보냈어.

"갑자기 누구를……"

그때였다.

똑똑─.

대기실 밖에서 웬 노크 소리가 들려왔다.

"네, 누구세요?"

고선재 매니저는 자리에서 벌떡 일어났다.

스태프인가?

그렇게 별생각 없이 문을 열어젖혔을 때.

짧은 보라색 머리를 곱게 땋은 여자가 상냥하게 웃으며 걸어 들어왔다.

고선재 매니저는 공손한 자세로 한 걸음 뒤로 물러섰고.

그 얼굴을 보자마자, 신서진의 두 눈이 크게 뜨였다.

"아프로 비안체의 보조 프로듀서, 아테나입니다."

뭐야?

언제 깨어났어?

＊　　　　＊　　　　＊

방패에 봉인된 상태에서 깨어났을 때, 아테나는 동면 상태였다.

아프로 비안체는 그녀의 상태를 체크했고, 썩 낙관적인 결론을 내지는 못하였다.

그 후로도 열심히 노력해 본다고는 했다.

하지만, 진척 상황을 공유한 적이 없었으니 신서진도 사실상 포기하고 있었다.

신성력을 거의 잃어버린 상태.

당연하지만 회복에는 오랜 시간이 소요될 것이다.

그렇기에 꽤 오랜 기간 동안 깨어나지 못하리라 생각했는데……

신서진의 예상보다 훨씬 더 이른 시점이었다.

둘만 남은 대기실. 고선재 매니저는 작업 관련 얘기를 한다는 말에 자리를 비워 주었다.

신서진은 그때까지 넋을 놓고 앉아있었다.

먼저 입을 연 것은 아테나였다.

아무런 환영도 없었다는 것에 짐짓 서운한 투였다.

"…다시 관 속에 들어갈까?"

"어우, 어찌 그런 끔찍한 소리를."

신서진은 뒤늦게 정신을 차리며 고개를 휘휘 저었다.

"놀랐을 뿐입니다. 대체 어떻게 되신 거예요?"

"많은 일이 있었지. 아니, 분명 많은 일이 있었을 텐데 나는 잘 모르고."

아테나는 어깨를 으쓱이며 말을 뱉었다.

상황이 어떻게 된 건지 일단 들어 보니, 아프로 비안체가 몇 번이고 무리해서 아테나를 깨우려 했던 모양이었다.

당연히 성공하지 못할 거라 가늠했던 일이 성공한 것은……. 거의 기적이라고 볼 수 있었다.

그러나.

"기억은 안 나. 누가 나를 봉인한 건지도 모르겠고."

아테나만 깨우면 될 거라 생각했는데 그게 아니었다.

그녀는 자신을 봉인시킨 존재에 대해 조금도 기억하지 못했다.

보라색 머리칼을 위로 올려 묶으면서, 아테나는 심각한 얼굴로 말을 이었다.

"나를 이렇게 만들 자라면 그 정도의 조치도 하지 않았을 리가 없잖아."

"……"

신의 기억을 지우는 게 결코 쉬울 리 없다.

당장 아프로 비안체가 제 기억을 지운다고 덤벼든들, 신서진이 쉽게 당하진 않을 것이다.

아무리 무력화된 상태라고 해도 그걸 가능하게 할 만한 존재는…….

역시, 맞겠지.

'신이 놈을 돕고 있는 듯해.'

아프로 비안체가 했던 말이 귓가에 맴돌아서, 신서진은 두 눈을 질끈 감았다.

표정을 보아하니 아테나도 비슷한 생각을 하고 있는 것 같았다.

그녀는 분노에 찬 목소리로 말을 뱉었다.

"아레스일까? 나를 엿 먹일 만한 놈은 그놈밖에 생각나지 않아."

둘의 사이가 좋질 않으니, 아테나의 추측도 아예 말이 되지 않는 건 아니었다.

하지만, 그 양반 올림포스에 새로 헬스장 차리느라 바쁘던데.

왠지 아레스는 아니리라는 생각이 들었다.

신서진은 고개를 저으며 되물었다.

"기억나는 게 정말 아무것도 없어요?"

"없다니까. 없긴 한데……."

잠시 골똘히 생각에 잠겨 있던 아테나의 미간이 찌푸려졌다.

"되게 익숙한 향기가 났던 것 같기도 해."

마지막으로 의식을 잃었을 때.

뇌리에 각인된 냄새가 코끝을 스쳤다.

"으음……."

아테나는 그 냄새를 기억해 내면서 조심스레 입을 떼었다.

"술 냄새."

"네?"

"술 냄새가 난 듯해."

그 한마디에 신서진의 표정이 차갑게 식어 버렸다.

*   *   *

무엇인가 잘못되어 가고 있다는 걸 알았다.

신서진은 잔뜩 굳어 버린 표정으로 하늘을 올려다보았다.

그때, 신서진의 어깨를 툭 치며 다가온 것은 이유승이었다.

"야, 왜 여기 서 있어?"

보이는 라디오 촬영이 끝난 지도 한참 되었다.

아프로 비안체의 보조 프로듀서랑 음악 얘기를 한다고 해서 따로 자리를 마련해 줬었는데, 그 뒤로 저렇게 넋을 놓고 있는 것이다.

음악적인 고민 때문인가?

이유승은 지레짐작하며 신서진에게 말을 걸었다.

"다음 주면 해외 출국이잖아. 오늘 그 얘기 때문에 회사 들르라던데."

"……."

"듣고 있어?"

휘휘.

이유승은 신서진의 눈앞에서 손을 저었다.

"뭐야, 진짜 넋을 놨네."

"아니야, 듣고 있어."

신서진은 반사적으로 그리 답했지만 두 눈은 여전히 초점이 잡혀 있지 않았다.

여전히 무언가를 골똘히 생각하고 있는 표정이었다.

신서진은 두 눈을 질끈 감았다.

한 달 전, 최성훈과 몰래 라면을 먹으면서 했던 말이 자연히 떠올랐다.

'인간들은 감을 믿는 편인가?'

신서진은 제 감이 틀렸기를 바랐다.

당시에 머릿속을 스쳤던 내용은 너무 잔인한 것이라서, 진심으로 아니기를 바랐다.

'정말 만약에, 만약에 말이야. 네가 도둑질을 당했다고 생각해 봐.'

'응.'

'그 도둑이 너일 수도 있나?'

'그게 뭔 미친 소리야?'

미친 소리니까.

상식적으로 납득이 가지 않는 그런 얘기니까.

사실이 아니길 바랐고, 제 감이 틀렸을 거라 확신했다.

그런데.

"야, 신서진? 차 타러 가자니까?"

이유승은 두 눈을 동그랗게 뜬 채 신서진을 올려다보았다.

아까부터 하는 말을 조금도 듣지 못하고 있다.

고선재 매니저가 주차장에서 기다리고 있는데, 망부석이라도 된 것처럼 발을 뗄 생각이 없다.

이유승은 그제야 확실히 무언가 잘못되었음을 직감했다.

얘한테 무슨 일이 있는 듯하다.

다만, 그게 뭔지 모르겠는데…….

"신서진?"

"야!"

"너 어디 아프냐?"

이유승이 그렇게 신서진을 세 번째 불렀을 때쯤.

신서진의 두 눈이 차갑게 식었다.

"미안, 나 잠깐 어디 좀 다녀올게."

"야, 이 시간에 어딜 가겠다는 거야! 너 미쳤어?"

이유승은 다급히 신서진을 향해 손을 뻗었으나, 때는 늦었다.

"야, 신서진!"

미처 잡을 새도 없이, 녀석이 빠르게 사라져 버렸다.

　　　*　　　　*　　　　*

정신없이 내달렸다.

인간의 육체를 빌렸지만 그럼에도 신서진은 압도적으로 뛰어난 체력을 가지고 있었다.

그런 그조차 숨이 턱턱 막힐 때까지, 꽤 먼 거리를 달려온 것이다.

신서진은 거친 숨을 고르면서 휴대전화를 꺼내었다.

이유승에게 말은 해 뒀으나, 갑작스러운 이탈이었다.

고선재 매니저로부터 전화가 세 통이나 와 있었다.

신서진은 부재중전화 창을 내려 버리면서 휴대전화를 움켜쥐었다.

지금 당장, 연락을 해야 할 이가 따로 있었으니까.

신서진은 떨리는 손으로 번호를 눌렀다.

뚜르르―.

뚜르르―.

긴 수화음이 이어진다.

"……."

뚝.

신서진은 전화를 끊고선 두 눈을 질끈 감았다.

그러고는, 다시 같은 번호로 전화를 걸었다.

뚜르르르―.

뚜르르르―.

아까와 같은 긴 수화음이 이어지다가, 뚝 끊겨 버렸다.

불안감이 턱끝까지 차올라서 도무지 제대로 서 있을 수 없었다.

"아닐 거야……. 착각한 거겠지."

신서진은 고개를 저으면서 휴대전화를 내려다보았다.

맞아, 그럴 리가 없다.

이깟 전화 따위, 바빠서 못 받았을 수도 있으니까.

아테나의 한마디에 자신이 너무 예민하게 반응한 것일 수도 있다.

그렇게 오랜 세월을 봤는데.

이런 의심을 하는 것조차 그릇되었을지도 모른다.

신서진이 그렇게 애써 부정하려던, 바로 그 순간.

디리링―.

전화벨이 요란하게 진동했다.

[디오니 벨튼]

자신이 그리 저장해 둔 이름.

신서진은 발신인을 확인하자마자 반사적으로 전화를 받았다.

―…….

수화기 너머로 침묵이 들려왔다. 신서진은 두 눈을 끔뻑이면서 침을 삼켰다.

말로 설명할 수는 없지만, 상대라면 왠지 자신이 무슨 생각을 하고 있는지 알 것 같아서. 신서진은 말을 삼갔다.

대신, 가만히 서서 디오니소스의 말을 기다렸다.

그때, 그의 나직한 목소리가 울려 퍼졌다.

―친구, 아니, 형.

놈의 입에서 도무지 나오지 않을 것 같은 그 한마디에, 신서진의 얼굴이 일그러졌다.

―헤르메스.

"…아니지?"

신서진은 참지 못하고 입을 떼었다.

뜬금없는 제 말에 뭐라도 대답이 돌아와야 할 텐데, 어쩐지 수화기 너머는 고요했다.

신서진은 다시 세차게 고개를 저었다.

"지금 내가 얼마나 어이 없는 상상을 했는지 아나?"

—······.

"말이 안 되는 추측이라고 말해."

당장 그렇게 말하라고.

신서진은 딱딱한 목소리로 디오니소스를 재촉했다.

그러나.

그의 입에서 튀어나온 한마디는 결코 신서진이 원하던 것이 아니었다.

말이 안 되는 추측이라고.

무슨 생각을 하고 있는 거냐고 타박하는 대신.

지극히 담담한 목소리가 수화기 너머로 들려왔다.

—나는 너를 죽이고 싶지 않아. 그러니 이만 손을 떼도록 해, 헤르메스.

"뭐?"

시리도록 차가운 한마디에, 신서진은 그 자리에 얼어붙고 말았다.

그 말은, 디오니소스가 제 추측을 인정한다는 의미였으니.

파르르—.

휴대전화를 쥐고 있는 신서진의 손이 떨려왔다.

"그… 그러면 정말……."

—네 생각이 맞아. 무슨 생각을 했든, 그 추측이 맞겠지."

"이… 이게 무슨……."

신서진은 어금니를 꽉 악물었다.

안일하게 생각했던 기억들이 머릿속을 스쳐 지나갔다.

사실 이상함을 느꼈다면 처음부터 충분히 느낄 수 있었다.

'그게… 아테나가 봉인되어 있는 방패가 사라졌어.'

'어젯밤이야. 해외 전시회 때문에 집을 비우고 있었는데, 아무래도 습격당한 것 같아.'

신의 집을 들키지 않고 습격한 존재. 그때 디오니소스가 했던 변명들이 하나같이 조악한 것들이었음에도, 신서진은 그를 의심할 생각조차 하지 않았다.

왜냐.

그를 너무 잘 알기 때문이었다.

때론 수천 년의 시간이 상대의 본질을 보는 법을 잊어버리게 만들기도 한다.

아프로 비안체는 금세 찾아낸 아테나의 방패를 도난당하고도 찾지 못했던 디오니소스.

거기서 신서진은 뭔가 잘못되었음을 느꼈었어야 했다.

아니, 느꼈는데 애써 부정해 왔겠지.

최성훈에게 '감'에 대한 얘기를 입에 올린 것도 그 때문이었는데…….

신서진은 자조 섞인 웃음을 터뜨렸다.

멍청했다.

너무 믿어서, 결국 당해 버렸다.

배신감이 목구멍을 타고 울컥, 치밀어 올랐다.

마음 같아서는 더 험한 말을 하고 싶었지만 남아 있는 이성이 이를 자제했기에.

신서진은 싸늘하게 읊조리듯 말을 뱉었다.

"나를 가지고 놀았군."

—그렇지 않아.

뻔뻔할 정도로 태연한 대답이었다.

디오니소스는 어울리지 않게 시무룩한 목소리로 말을 이었다.

—네가 몰랐으면 했거든. 알고 나서 내 편을 들어주면 더 좋았겠고.

물론, 신서진이 공감할 수 있는 얘기는 아니었다.

오히려 더 어이가 없을 뿐이었다.

"허."

신서진은 미간을 찌푸리며 그의 말을 받아쳤다.

"네 편을 들어? 그러면 올림포스를 무너뜨리려고, 이 개수작을 하는 걸 내가 보고만 있으라고?"

도무지 납득할 수 없다.

대체 왜.

자신도 신이면서.

감히 그런 계획을 입에 올린 것인지.

"이해가 되지 않아."

제정신이 아니다.

너무 오래 살아서, 드디어 미쳐 버린 것이다.

"그리고, 이해할 생각도 없다."

—그래……

신서진은 그리 단언했고.

디오니소스는 그 말에 크게 부정하지 않았다.

—…그럼 기왕 돌아 버린 김에 더 돌아 버릴까.

아니, 오히려 더 미친 소리를 늘어놓을 뿐이었다.

디오니소스는 잠시 웃어 대다가, 차갑게 식은 목소리로 말을 이었다.

—나는 모든 신을 죽일 거지만, 너는 반드시 마지막이 되어야 해. 그러니까.

—기다리고 있어, 헤르메스.

뚝—.

그 말을 끝으로 전화가 끊어졌다.

*　　　　　*　　　　　*

대략 10여 년 전의 기억이다.

디오니소스는 활활 타오르는 집과 쓰러져 가는 대문, 그리고 발작하듯 울어 대던 꼬마 아이를 기억했다.

그건 남이준과의 첫 만남이었다.

가족을 잃고 집은 불에 타 버렸다. 믿을 수 없는 현실 앞에서 남이석은 기절하듯 쓰러졌었고, 남이준은 울어 젖혔지.

신의 처분을 받은 안타까운 두 형제.

디오니소스는 그저 차분하게, 입가에 미소를 머금은 채 녀석에게 물었더랬다.

'신의 벌을 왜 받은 건지 궁금하니?'

'신의… 벌이요?'

영문 모를 어린 애한테 할 말은 아니었지만, 디오니소스는 뚫린 입으로 시원하게 지껄였었다.

'원래 그자들은 그래. 마음에 들지 않는 일이 있으면 벌하거든. 순전히 자기들 마음대로지. 법에는 기준이 있고 원칙이 있지만, 그들의 법에는 기준도, 원칙도 없어.'

'……'

'그들의 분노가 기준이고 원칙일 뿐이야.'

친절히 설명해 줬던 걸로 기억하는데, 어린애한테는 이해가 되지 않았던 모양이다.

남이준은 겁에 질린 얼굴로 자신을 올려다보았다.

그래서, 더 친절하게.

디오니소스는 조금 옛날의 이야기를 입에 올렸다.

'제우스 신과 세멜레의 이야기를 아니?'

헤라의 눈먼 질투로 제우스의 번개에 타 죽어 버린 여인.

세멜레.

그래, 그 이름.

영문도 모른 채 죽어야 했던 인간은 디오니소스의 어머니였다.

"안타까운 이야기였지……"

너무 먼 옛날이라 곱씹어 보아도 흐릿한 잔상만이 남을 뿐이었다.

그럼에도, 디오니소스는 그 순간을 잊지 않았다.

세멜레에게서 태어난 자신을 증오했고, 죽이려 했던 헤라를.

지극히 무책임하기만 했던 제 아버지를.

그리고.

어쨌든 헤라의 눈을 피해 자신을 살려 준 헤르메스를.

인정하기 싫지만 그놈은 생명의 은인이다.

디오니소스는 제우스와 헤라를 싫어했을지언정, 헤르메스를 미워하지는 않았다.

신이면서도, 인간과 가장 가까운 신.

디오니소스는 헤르메스에게서 등을 돌리고 싶지 않았다.

하지만, 지금 자신이 지니고 있는 신념은.

결코 꺾이지 않을 이 계획은 녀석이 받아들이기엔 어려운 것이겠지.

디오니소스는 그 마음을 이해하면서도 씁쓸했다.

"결국… 너와 싸워야 하나."

유일하게 올림포스에서 자신이 증오하지 않았던 신.

기댈 수 있는 친구이자 형이라고 여겼거늘.

"같이 갈 수는 없는 모양이야."

디오니소스는 허공에서 와인 잔을 빙그르르 돌렸다.

그 안에 담긴 포도주가 출렁거리며 슬픈 소리를 내었다.

"하지만, 이게 옳아. 헤르메스, 너도 언젠가는 이해하게 되겠지."

생명의 은인을 배신하면서까지 디오니소스가 이루고 싶어 했던 꿈은 하나였다.

올림포스의 절멸(絕滅).

제멋대로인 데다가 오만하기까지 하고.

분수에 맞지 않는 힘을 지니고 있는 자들.

신은 없어져야 한다.

모든 신을 없애고, 자신 또한 없어질 생각이기에.

그는 결국 헤르메스와 척을 질 수밖에 없는 것이다.

결심은 끝냈는데…….

"오늘은 술이 쓰군."

디오니소스는 인상을 찌푸리며 쓰디쓴 술을 한 모금 넘겼다.

＊　　　＊　　　＊

"이번에 해외 스케줄이 많이 잡히면서 당분간 바빠질 것 같은데, 당장 다음 주에 일본으로 출국할 거니까……."

"준비 잘해 두고, 프린트 나눠 줬으니까 간단한 현지어는 익히고 가고……."

"그리고 얘들아……."

한성묵 팀장의 목소리가 공기 중에서 흩어진다.

제법 중요한 얘기들이 섞여 있는 듯했지만, 신서진의 표정에는 미동조차 없었다.

신서진의 이상함을 거의 동시에 감지한 것은 이유승과 유민하였다.

'쟤가 왜 저러지?'

'쟤 좀 이상하지 않냐?'

이유승은 입모양으로 유민하에게 물었다.

유민하는 심각한 표정으로 고개를 주억거렸다.

'완전 이상해.'

회사에 오기 전엔 갑자기 말도 없이 어딜 사라져 버리지 않나.

제 발로 결국 회사에 돌아오긴 했는데 넋을 놓은 것처럼 저러고 있다.

원래 저럴 신서진이 아니니, 걱정이 될 수밖에 없다.

"어이."

쿡쿡.

이유승이 펜으로 신서진의 팔꿈치를 찌르자, 신서진은 담담한 표정으로 두 눈을 끔뻑였다.

"……?"

단지, 그뿐이었다.

고개를 들어 한성묵 팀장을 바라보고 있는 시선.

이제 얼핏 보면 한성묵 팀장의 얘기를 제대로 듣고 있는 모습 같기도 하다.

하지만, 바로 옆에 앉은 이유승은 신서진이 여전히 집중하고 있지 않다는 걸 눈치챘다.

'영혼이 없어, 영혼이.'

아무래도 영혼을 안드로메다에 두고 온 것 같은데?

그걸 알 리 없는 한성묵 팀장은 신서진을 돌아보며 말을 이었다.

"방금 들은 내용들은 이해했지? 따로 질문 있나?"

"없습니다!"

"저도 없어요!"

첫 해외 스케줄이어서 그런지, 유니티지 멤버들의 두 눈이 반짝였다.

한성묵 팀장은 고개를 끄덕이며 멘트를 마무리 지었다.

"그래, 출국 직전에는 스케줄 무리하게 잡지 않을 거니까 가서 잘들 하고 와라."

"넵!"

그렇게 끝나나 싶었던 회의.

한성묵 팀장은 앞에 놓인 서류철을 정리하면서 말을 던졌다.

"아, 그리고 너네 그 소식 들었나?"

"무슨 소식이요?"

"다른 사람은 몰라도 너는 알아야지."

순간, 한성묵 팀장의 시선이 신서진에게 닿았다.

뒤늦게 그 눈빛을 감지한 신서진이 천천히 고개를 돌렸다.

"……?"

"라디오에서 네가 대형 사고를 쳐 놨잖아."

"라디오……?"

아.

'콘서트도 조만간 좋은 소식이 있을 것 같습니다.'

설마, 그거라면.

유민하의 두 눈이 휘둥그레졌다.

한성묵 팀장은 피식 웃으며 말을 덧붙였다.

"사고 쳤으면 수습하는 게 회사 몫이지."

"어… 어어어어!"

"진짜로요?"

이어진 뒷말은 신서진조차 정신이 확 돌아올 얘기였다.

"그래, 우리 콘서트 할 거다."

                    *   *   *

"콘서트요······?"

떨리는 목소리로 먼저 입을 뗀 것은 유민하였다.

유민하의 눈길이 순간 신서진에게 향했다.

"유니티지 전체 콘서트예요?"

한성묵 팀장은 유민하의 물음에 천천히 고개를 끄덕였다.

"너네 다음 달에 컴백하고 나면 유니지 유닛곡이랑 유니비 유닛곡. 단체 데뷔앨범까지 곡 전부 추려서 콘서트 진행할 예정이다. 규모도 너네가 생각하는 것보다 훨씬 더 클 거야."

"어, 어디서 하는데요?"

손을 들어 질문한 것은 허강민이었다.

갑작스레 정해진 콘서트 소식 때문에 멤버들 전체가 살짝 얼빠진 표정이긴 했어도, 입가에는 다들 행복한 미소가 걸려 있었다.

그 미소는 콘서트의 규모를 듣고 나서 한층 더 진해졌다.

"핸드볼경기장. 거기다 이틀에 걸쳐서 할 거다."

"와······."

"진짜로요?"

최성훈과 이유승은 동시에 탄성을 터뜨렸다.

신서진은 눈썹을 들썩이며 조용히 인터넷창에다 검색을 했다.

"핸드볼경기장······."

약 5천 석 규모의 공연장이다.

이틀에 걸쳐서 한다면 콘서트에 참석하는 관객 수는 총 만 명.

한성묵 팀장의 말대로 신인치곤 예상치 못한 규모였다.

유니티지 데뷔앨범에 이어, 유니비 유닛앨범까지. 나란히 음원 성적이 좋았던 덕분이었다.

한성묵 팀장은 연신 탄성을 터뜨리는 멤버들을 돌아보며 흐뭇하게 웃었다.

"큰 무대에 서 보는 것도 꽤 값진 경험이 될 거야."

"그야 당연하죠!"

"콘서트 무대에 서는 것도 아직 안 믿기는데요?"

최성훈이 들뜬 목소리로 말을 쏟아내었다.

"팬들 많이 오실까요?"

"와… 만 명이면 어느 정도지?"

"날짜는 어떻게 돼요?"

"어. 그러면 당장 다음 주부터 준비 들어가나?"

궁금한 것이 당연한 질문들.

물어보는 것은 괜찮은데 제발 한 번에 한 명씩…….

"와, 여기네. 넓다……."

"그라운드가 뭐예요?"

"어… 어어어! 이거 좀 봐 봐."

순식간에 오디오가 복작거리기 시작하자, 한성묵 팀장은 웃음을 터뜨렸다.

"다음 회의 때, 아마 다 정리해서 알려 줄 거다."

정확히 정해진 건 아직 아무것도 없지만, 한 가지만은 확실했다.

준비해야 할 것이 태산이었다.

＊　　　＊　　　＊

어둠이 깔린 방 안.

전등이 반쯤 나간 모양인지 흐릿한 조명 아래에서, 남이석이 입을 떼었다.

"콘서트만큼 좋은 패가 없죠."

아프로 비안체에게 위치를 발각당한 후, 남이석은 줄곧 도망 다니는 신세였다.

기세등등하게 신서진을 협박하던 대기업 대표 시절의 남이석은 끝이 났다.

그렇기에 그의 짙은 검은색 눈에는 독기마저 서려 있었다.

디오니소스는 그의 말에 심드렁하게 반응하며 턱을 쓸어내렸다.

"콘서트라……."

입 밖으로는 그리 뱉었지만, 생각보다 별 감흥이 생기질 않았다.

디오니소스는 미간을 찌푸리며 남이석에게 물었다.

"콘서트에서 뭘 어쩌겠다는 거지?"

"신서진의 생명 줄을 끊어 버릴 겁니다."

남이석은 비릿한 미소를 머금은 채 말을 이었다.

지금 신서진의 힘이 저리 강해져 가고 있는 이유는 연예계 데뷔 후 그를 맹목적으로 지지해 주는 팬들 덕분이었다.

더 많은 대중들이 신서진에게 관심을 가지면 가질수록.

남이석은 이 장기전에서 자신이 밀릴 수밖에 없음을 직감했다.

그렇다면 답은 간단하지 않나.

그들을 없애 버리면 되겠지.

"신인치고 제법 큰 콘서트장에서 공연을 하더군요."

무려 5천 석.

그 넓은 공연장 자체를······.

"통째로 가라앉히는 겁니다."

그 한마디에, 디오니소스의 표정이 차갑게 식었다.

콘서트장에서 신서진만을 노리는 것이 아닌, 공연장 전체를 노릴 거라고는 생각조차 못 했기 때문이었다.

그건 정상적인 인간이 할 수 있는 발상이 아니었다.

디오니소스는 굳은 목소리로 입을 뗐다.

"그런다고 헤르메스가 죽을 거 같지는 않은데."

"알고 있습니다."

"알고도 그런 짓을······."

남이석의 입꼬리가 섬뜩하게 휘었다. 디오니소스는 저도 모르게 미간을 찌푸렸다.

먼 옛날의 저 또한 더하면 더했지, 덜하진 않았다.

그럼에도 최소한의 이유는 존재하지 않나.

그러나, 남이석은 직접적인 관련이 없는 무수한 이들을 끌어들이려고 하고 있었다.

광기가 어린 눈빛으로 남이석은 말을 뱉었다.

"콘서트장에 있는 팬들과 같은 팀 멤버들이 몰살한다면······. 글쎄요. 신인 입장에서 앞으로 활동을 이어 갈 수 있을 것 같지는 않은데요. 가장 확실하게 신서진을 쳐 낼 수 있는 방법이 아니겠습니까. 혼자서 활동하는 아프로 비안체의 경우는 조금 더 고민해 봐야겠지만 말입니다."

"……."

"하지만, 확실한 경고가 되겠죠. 신을 죽일 수 있는 자들은, 그 누가 되었든 그 주변의 모든 이들까지 다 쓸어 버릴 수도 있다는 경고."

아프로 비안체는 자비로운 신은 아닐지언정, 제 사람들은 아끼는 편이다.

남이석의 말대로 확실한 경고가 될 것이다.

"그걸로 당분간 아프로 비안체의 발도 묶어 둘 수 있겠군요."

"…그렇겠지."

끔찍할 정도로 효율적인 결정이라는 데에는 반박할 것이 없지만.

어째서인지…….

디오니소스의 동공이 흔들렸다.

'이래선 네가 그토록 증오했던 신들과 다른 것이 무엇이냐…….'

어릴 적 남이석의 집에 번개를 내리꽂게 만들었던 헤라와 지금의 남이석의 모습에서 조금도 다른 점을 찾을 수 없었기 때문이었다.

그런 디오니소스의 침묵을 거절이라 생각했는지, 남이석은 두 눈을 치켜떴다.

"…어려우십니까?"

"그렇진 않겠지."

디오니소스는 어색한 미소를 머금은 채 고개를 저었다.

이제 와 저 제안을 거절하기엔 아무래도 너무 멀리 와 버린 듯하다.

이미 신을 죽이겠다는 명목으로 한둘의 피를 묻힌 것이 아닌데.

누구는 되고 누구는 되지 않는다는 게, 얼마나 비겁한 양심인지…….

질릴 정도로 오래 살아온 디오니소스는 알고 있었다.

그렇기에, 디오니소스는 제가 알고 있는 정답을 뱉었다.

"힘을 아껴 두면 충분히 가능할 거다."

남이석의 말대로 혼자서는 불가능해도, 둘의 힘을 합한다면 콘서트장 하나 통째로 휩쓸어 버리는 것은 그리 어렵지 않은 일이다.

"다행입니다."

디오니소스의 확답을 받은 남이석은 미소를 지으며 손으로 깍지를 꼈다.

물론 쐐기를 꽂는 말도 빼놓지 않았다.

"그러면 얘기는 끝난 걸로 알겠습니다."

은밀한 대화를 마치고, 천천히 자리에서 일어나는 남이석.

디오니소스가 배신하지 않는 한, 오늘의 이 대화가 문밖에 새어 나갈 일은 없으리라 확신하는 얼굴이었다.

그러나, 안타깝게도.

그 자리에는 둘만 있지 않았다.

"……"

스르륵.

대화를 엿듣고 있던 검은 인영이 사라졌다.

＊   ＊   ＊

"자자, 무슨 곡 할지부터 우선 추려 보자. 다들 생각해 둔 거 있어?"

탁탁.

한시온이 책상을 손으로 치면서 말을 꺼냈다.

유니티지의 콘서트 회의 현장.

정식 리더 포지션은 없으나, 각 유닛의 리더 격인 한시온과 차형원이 회의를 주도하기 시작했다.

무려 인생 첫 단독 콘서트.

그것도 제법 큰 공연장에서 진행되는 터라, 데뷔 후 숱한 음악방송과 축제 무대 위에 섰던 유니티지 또한 긴장될 수밖에 없었다.

최선을 다하는 무대를 보여 주고 싶은 마음은 모든 멤버가 다를 것이 없다.

그래서, 선곡 과정부터 치열한 논쟁이 이어졌다.

서하린은 어깨를 으쓱이며 의견을 던졌다.

"난 'Future and past'. 이거 안 넣으면 공연 안 한다?"

"에? 우리 곡도 아니잖아."

서울예고 축제 당시 에이틴이 선보였던 복고풍의 노래, 'Future and past'. 그 무대를 기억하는 서울예고 학생들이야 반갑게 생각하겠지만, 엄연히 커버곡이다.

"원래 콘서트에 커버곡 하기도 하잖아."

"그건 그렇지. 아니, 근데 너는 그 무대 본 적도 없지 않냐?"

서울예고 편입생이었던 서하린.

당시에 이 무대에 함께 오른 적도 없을 뿐더러, 'Future and past'를 직접 보지도 못했을 것이다.

뜻밖의 강경한 주장에 최성훈은 헛웃음을 치며 고개를 저었다.

"난 반대."

"아, 왜!"

"아, 모르겠고 난 'Live on air'만 셋 리스트에 들어가면 돼."

"알아서들 싸워라."

"퓨처 앤 패스트 넣어 주세요!"

"야, 너도 의견 내라고!"

늘 그렇듯 회의는 개판으로 흘러가기 시작했고…….

"…얘들아?"

그 모습을 가만히 지켜보고 있던 고선재 매니저가 다행히 제지에 나섰다.

"저희 몇 곡 넣어요?"

"짧게 들어가는 곡까지 합하면 못해도 스무 곡은 되지 않을까?"

그런고로 무슨 곡을 넣을지 멱살 잡고 싸워 봐야 아무 의미가 없지 않을까, 하는 것이 고선재 매니저의 생각이었다.

"어차피 너네 신인이라 그거 다 채우려면 수록곡까지 싹싹 긁어모아서 넣어야 할걸."

"아, 그러네요……?"

"그러면 서하린 말대로 커버곡도 넣어요?"

"야야, 그렇게 하고 싶다는데 그냥 넣어 줘."

그렇게 커버곡으로 에이틴 시절에 했던 '하늘 바다'도 추가되었다.

그 뒤로는 콘서트에 넣고 싶은 연출이나 무대 세트 등의 이야기가 이어졌다.

첫 번째 단독 콘서트에, 선배 가수들에 비하면 무대를 접한 경험이 턱없이 부족한 신인들이다.

당장 콘서트에 채택할 수 있을 만한 하이 퀄리티의 아이디어가 몇이나 있을지 모르겠지만, 열정만은 넘치는 터라 이것저것 다양한 얘기들이 쉬지 않고 쏟아져 나왔다.

"하늘 바다 부를 때 신서진이 나는 건 어때요?"

순간, 그 의견을 들은 신서진의 표정이 진지해졌다.

"내가… 날아도 괜찮은가?"

가능하다면 한번 선보이는 것도 나쁘지 않을지도?

관심과 화제성만큼은 나쁘지 않을 것 같은데.

진지하게 고민하는 듯한 신서진의 얼굴에 기겁한 유민하가 입을 떼었다.

"퓨처 앤 패스트에선 아예 과거로 보내 버리지 그래?"

"그건 좀 어려운걸."

…물론 쓸데없는 아이디어가 더 많았던 듯하다.

그렇게 열띤 회의가 끝나 갈 무렵이었다.

끼이이익—.

갑자기 회의실 문이 열리더니 매니지먼트 팀의 막내가 조용히 들어왔다.

"무슨 일이야?"

"아, 그게……."

막내는 조심스레 다가가서는 한성묵 팀장의 귀에 대고 작은 목소리로 말을 전했다.

이한나 이사로부터 급히 전해 온 소식이었다.

"유니비가 EMA 뮤직어워드 신인상 후보가 되었다고……."

EMA 뮤직어워드?

케이팝의 국내 뮤직어워드 중 가장 공신력이 높은 행사의 이름이었다.

그 한마디에 한시은의 두 귀가 쫑긋거렸다.

"얘네 신인상 후보 됐어요?"

"어, 그렇게 됐나 본데."

올해 유니비가 보여 준 성과를 생각하면 신인상 후보에 오르는 것이 그리 놀랄 일도 아니었다.

그러나, 그 대상이 EMA라는 건…….

'그쪽이랑 SW엔터가 유구하게 사이가 안 좋잖아.'

후보에 오른 거 자체로도 이미 기적이다.

그걸 아는 멤버들의 눈빛이 기대감으로 반짝였다.

*　　　　　*　　　　　*

EMA 뮤직 어워드 라인업이 확정된 뒤에, 커뮤니티엔 여러 게시글이 올라왔다.

원래도 대형 기획사 아이돌들이 자주 참석하는 큰 행사이기

도 했지만, SW 엔터가 그 라인업에 이름을 올린 것은 의외라
는 반응이었다.

　이번 EMA 라인업 봤음?
　올해도 티제이는 대상 받을 거 같고 다른 라인업들도 평소랑 크
게 다를 건 없는데 유니티지는 의외이지 않냐?
　―이번에 정말 신인상 노리고 참석하나?
　―신인상 유력 후보긴 해
　―근데 올해 쟁쟁한 남돌 많지 않았나? 에이원도 그렇고 스위
치도 그렇고
　ㄴ음원 성적만 놓고 보면 일단 유니비가 압승이지
　ㄴ신인 남돌 빌보드 차트인은 역대급 기록이긴 함
　ㄴ다른 시상식이면 몰라도 EMA에서? 신인상 받기 힘들 것 같
은데
　ㄴㅇㅇ 내가 알기론 거의 3년간 참석도 안 시킴
　ㄴ올해 참석시킨다는 게 상 받으니까 참석하는 거 아니야?
　ㄴ글쎄 손절은 EMA가 먼저 친 걸로 아는데
　ㄴ아아 복잡해ㅠㅠ 뭐가 됐든 울 애들 가는 김에 신인상이라고
안겨 주고 싶다
　ㄴ다들 투표하세요 emaawards.com 이쪽에서 하루 한 표씩
투표할 수 있어요!!
　ㄴ참여합니당!
　ㄴ저두요 ㅠㅠ
　ㄴ울 애들 상 안겨 줘야지……. 나 신인상 받으면 개가치 울 거임

EMA 측과 SW 엔터의 사이가 다시 좋아진 게 아니냐는 가십거리와, 대놓고 엿을 먹이려는 건 아니냐는 대중들의 염려 속에 댓글은 활활 타올랐다.

물론 대부분의 팬들은 싸울 시간도 없이 신인상 투표에 나서느라 정신이 없어 보였지만 말이다.

그리고, 오늘.

EMA 뮤직 어워드.

팬들의 우려가 없던 것은 아니었으나, 초청을 받았으니 참석할 생각이었다.

수상 여부에 대해서는 SW 엔터도 반신반의하는 상황이었지만.

그것과 별개로 뜻깊을 정도로 큰 무대이니 말이다.

확실히 음악방송과는 결이 다른 긴장감.

"……"

유니비가 준비한 무대는 지난 타이틀곡 'Live on air'에 댄스 브레이크를 추가한 시상식용 특별 무대였다.

신서진은 리프트에 서서 허공을 응시했고, 조용히 입모양으로 숫자를 세기 시작했다.

정확한 타이밍에 첫 마디를 들어가기 위함과 동시에, 마음의 준비를 마치기 위한 자기최면에 가까웠다.

그렇게.

"하나."

유니비가 리프트를 타고 천천히 올라가는 순간.

웅성웅성—.

멀리서부터 유니비를 확인한 팬들이 웅성대기 시작했고.

"둘."

동시에.

"셋."

신서진의 카운팅이 끝나고, 노래가 흘러나왔다.

그 타이밍을 놓치지 않고 부드러운 목소리로 입을 뗀 것은 신서진이었다.

구름 낀 하늘 아래
멀리서 네 목소리가 들리면

팬들이 가장 좋아한다는 'Live on air'의 도입부.

신서진 특유의 음색이 EMA 뮤직 어워드라는 큰 무대에서 울려 퍼진다.

I will dive 네가 있는 곳으로 헤엄칠 거야

신서진의 목소리에 화음을 더하는 허강민과 최성훈의 보이스가 어우러진 무대. 유니비 활동을 하면서 다섯 사람은 이전과 비교가 되지 않을 정도로 합이 잘 맞았다.

마치 하늘을 가르듯 부드럽게 유영하는 동작.

신서진은 손끝으로 바람을 느끼는 것처럼 가볍게 몸을 틀었다.

어차피 닿지 못할 걸 알면서도

네 목소리가 바람을 타고 날아와
자꾸 내 귀에 속삭이는 것 같아
Live on air
Live on air
May be 언젠간 너를 만날 수 있을지 몰라
다시 만나게 될지도 몰라

유니비의 메인 댄서 이유승.

그의 감각적인 댄스 브레이크가 이번 무대에서 새로 추가된 파트.

이유승을 중심으로 멤버들이 빠르게 원을 그렸다가, 이내 흩어진다.

Live on air
Live on air
May be 언젠간 너를 만날 수 있을지 몰라
다시 만나게 될지도 몰라

부드러운 춤선과는 상반되게도 파워풀한 강약 조절에, 여기 저기서 팬들의 탄성이 터져 나왔다.

"와아아아악!"

신서진은 입가에 미소를 그리며 뛰어들듯 몸을 던졌다.

동선 이동도 만만치 않고 안무조차 격한 편이지만, 이 넓은 무대에서 라이브를 할 수 있을 만큼 호흡은 안정적이었다.

차형원은 음을 쌓아 올리며 큰 성량으로 터뜨렸고.

신서진은 웃음을 흘리며 그 다음 고음으로 받아쳤다.

최성훈은 마이크를 고쳐 들고선 카메라를 향해 싱긋 웃었다.

마지막 파트는, 신서진의 몫이다.

May be 언젠간 너를 만날 수 있을지 몰라

다시 만나게 될지도 몰라

천천히 뱉어 낸 한 소절의 음.

머리 위를 비추는 조명을 가만히 올려다본 순간.

무대는 끝이 났고, 함성이 터져 나왔다.

"와아아아아악!"

"유니비! 유니비! 유니비!"

그리고.

그다음부터는 정신이 없었다.

선배들 무대 지켜보면서 시시각각으로 비추는 카메라에 표정 관리하기.

뒤에서 소리 지르는 팬들을 향해 가볍게 손 흔들어 주기.

중간중간 쏟아지는 시상을 지켜보면서 박수 쳐 주기.

등등의 바쁜 시간들이 흘러간 후에.

그래, 정신을 차려 보니 신인상 수상 차례였다.

신서진은 마이크를 쥔 채 서 있는 사회자를 볼 때까지 살짝 넋이 나간 채 그 사실을 잊고 있었다.

그건 유니비의 다른 멤버들도 마찬가지였다.

두 눈을 끔뻑이던 최성훈이 고개를 돌렸다.

"우리… 받을 수 있을까?"

최성훈이 작은 목소리로 신서진의 귓가에 속삭이기 무섭게.

카메라의 빨간 불빛이 이쪽으로 닿았던 터라 자세를 고쳐앉았다.

"남자 아이돌 신인상 부문, 수상자는……."

사회자가 잠시 뜸을 들이고.

마침내 그 입에서 익숙한 이름이 튀어나왔다.

그러니까.

바로…….

은근히 기대했던 자신들의 이름.

"유니비입니다. 축하드립니다!"

끝내주는 무대였고, 끝내주는 시상이었다.

*　　　　*　　　　*

"와아아아아!"

"꺄아아악! 유니비 수상 축하해!"

시상식 현장이 떠나가라 소리를 지르는 팬들.

곳곳에서 유니비의 이름이 터져 나왔다.

초대석에는 유니비를 지켜보고 있는 유민하와 한시은도 있었다.

하나같이 눈시울이 붉어진 것이, 벌써부터 툭 치면 울 것 같았다.

정작 당사자는 유니비는 아직 울지도 않았는데 말이다.

"흐흡… 흐으읍…….."

아, 이미 울고 있었구나.

신서진은 눈이 붉게 충혈된 최성훈을 돌아보며 빠르게 납득했다.

울 만한 일이고, 감격할 만한 일이긴 하다.

사실 신서진도 아까부터 묘한 감정을 느끼고 있었다.

신인상 수상이라는 거, 그냥 방구석 심사 위원들의 평가로 받을 수 있는 것이 아니더라.

EMA 뮤직어워드에서 유니비의 기를 살려 주겠다고, 단체로 몰려간 팬들이 매일 한 표씩 여러 계정을 돌려 투표해서 받아 낸 상인 듯한데.

물론 팬들의 투표뿐만 아니라, 음원 성적, 방송 성적 등이 합해진 점수이긴 하겠다만 감회가 새로웠다.

누군가를 위해서 그렇게까지 진심이라는 것이.

그렇게까지 힘을 쓴다는 게 결코 쉬운 일이 아니라는 걸 알고 있기 때문이었다.

먼 옛날엔 그것을 당연히 여기던 시절이 있었다.

신서진은 자신을 믿은 사람들에게 그에 상응하는 기적을 보여 줬었고.

그걸 본 사람들은 자신을 두려워하면서도 절대적으로 신뢰했다.

그러나, 지금은…….

'내가 기적을 보여 줬던가?'

눈앞에서 사람 하나를 살린 것도 아니고.

죽인 것도 아니며.

인생을 바꿔 놓을 만한 기적을 보여 준 것도 아니다.

그저 무대를 보여 줬고, 최선을 다했을 뿐이다.

그 이유에는 강해지고 싶다는 현실적인 생각이 섞여 있었으니 순수한 뜻만은 아니었다.

그런데도.

저리도 맹목적인 사랑을 보여 주는 팬들을 돌아보며 여러 생각이 드는 것이다.

넘실대는 응원봉을 보니, 아마도 조금은.

울컥할 것 같았다.

차형원이 가장 먼저 마이크를 들어 수상 소감을 말하기 시작했다.

애써 태연한 척 입을 뗴었지만 그의 목소리는 이미 떨리고 있었다.

"음… 저희가 신인상을 받았는데요. 신인상이 어떻게 보면 평생에 한 번밖에 받을 수 없는 상인 것 같아서, 느낌이 뭔가 좀 다르네요."

신서진은 고개를 살짝 돌려서 차형원의 얼굴을 확인했다.

눈이 살짝 젖어 있는 걸 보니 금방이라도 울 것 같은 표정이었다.

한 손으로 트로피를 움켜쥔 차형원은 말을 이었다.

원래의 무뚝뚝한 성격답게 뒷말이 길지는 않았다.

"이런 소중한 상을 받을 수 있도록 항상 믿어 주시고 지원

해 주신 우리 SW 엔터 식구들, 좋은 곡 만들어 주신 아프로비안체 프로듀서님. 뒤에서 묵묵히 제 말을 잘 믿어 주는 저희 유니티지 멤버들 전체……."

그리고.

"저희를 언제나 응원해 주시는 감사한 팬분들께 이 상을 바칩니다."

그 뒤로는 크게 다를 것 없는 이유승의 깔끔한 수상 소감과.

"여러분… 진짜… 감사해요……."

떨리는 목소리로 진심 어린 말들을 쏟아내는 허강민.

"흐어어어억……."

그냥 오열을 하고 있는 최성훈이 있었다.

뭐라고 말은 하고 있는 것 같은데, 잘 들리지 않는다.

결국 마이크는 네 사람을 거쳐서 신서진의 손에 들렸다.

신서진은 마이크를 움켜쥔 채 카메라를 정면으로 응시했다.

*   *   *

"신인상 감사합니다."

맨 앞자리에 앉은 유민하가 불안한 눈빛으로 잠시 자신을 쳐다봤지만, 신서진은 개의치 않는다는 듯 말을 이었다.

"이 상을 받기까지 참 많은 일들이 있었던 것 같은데…….
대체로 좋은 기억들이었던 것 같습니다."

너무 오래 살아온 터라, 회상은 원래 제 전문이 아니지만.

자연히, 서울예고에 처음 입학했던 순간들이 떠올랐다.

'저 여기서 데뷔하려고요.'

모든 애들이 이 살벌한 연예계에 데뷔해 보겠다며 도전장을 내미는 특이한 학교. 그곳에서 1학기 첫날부터 그런 말을 했었으니 미친놈 같아 보였겠지.

'스타가 될 건데요.'

덧붙인 말은 더더욱 꼴값이었다.

사방에서 비웃음이 들려왔고, 그때 신서진의 말을 진심으로 믿는 사람은 없었다.

당장 옆에 있는 유니티지 멤버들마저 인상을 찌푸리며 저를 바라봤었지.

하지만, 그래. 이 정도면……

스타가 된 게 아닐까?

갈 길이 여전히 많지만, 적어도 그 첫 계단만큼은 오른 것이 아닐까.

신서진은 그런 생각을 하며 말을 이었다.

"서툰 것도 많았고, 부족한 점은 더더욱 많았습니다."

단 한 번도 인정한 적이 없던 사실이지만.

신이라고 하여 완벽할 수는 없다.

놀랍게도 신서진은 유니티지를 하면서 많은 것들을 배웠다.

순수한 저 애들의 틈에 끼어서, 열심히 투닥거리면서. 매일이 배움의 연속이었다.

"그럼에도, 제가 이 신인상을 받을 수 있었던 이유는. 그리고, 제 손에 들린 이 상이 다른 상이 아니라 신인상인 이유는……"

아마도.

"지금이 우리들의 시작인가 봅니다."

시작보다는 끝을 더 많이 봐 온 신으로서.

신서진은 이런 말을 하는 것이 너무도 어색했다.

그렇지만…….

"꺄아아아아아악!"

"와아아아!"

"서진아, 축하한다아아악!"

저렇게 기뻐해 주는 사람들을 보니 제 말이 아예 틀린 것은 아닌 듯싶었다.

어차피 끝없이 오래 사는 자신이야.

결국 이 에피소드 한 단락의 끝을 보게 되고 말겠지만.

그래도, 지금 이 시상식은 현재 진행형이니까.

"유니티지는 이제부터 시작이라는 걸, 팬분들에게 약속드리겠습니다."

그 말인 즉슨.

이 이야기를 끝내려 하는 것들을 반드시 꺾어 버리겠다는 것.

신서진은 미소를 지으며 마이크를 세게 움켜쥐었고, 머지않아 익숙한 얼굴을 볼 수 있었다.

"이상입니다."

수많은 관객들 속.

신서진의 시야에 한 사람이 들어왔다.

Chapter. 4

참 기분 좋은 하루였다.

뭐 하나 흠잡을 데 없이 깔끔하게 완벽한 하루였다.

방금 전까지는 말이다.

신서진은 이 끝내주는 하루의 마무리에 덜컹 걸려든 돌부리에 상당히 마음이 불편해졌다.

"무슨 자격으로 여기에 얼굴을 들이밀어?"

시상식이 끝나 갈 타이밍에 몰래 빠져나온 신서진이 찾은 것은 남이준이었다.

거의 맨 뒷자리에서 제 눈치를 슬슬 살피면서 눈을 굴리던 녀석. 멀리 떨어져 있다고 한들, 신서진이 그 얼굴을 알아보지 못할 리 없었다.

애초에 녀석도 몰래 온 건 아닌 것 같았다.

저를 보고 덜덜 떨면서도 특별히 물러나지 않았으니까.

남이석이 시켰나?

처음에는 그렇게 생각했던 신서진은 이내 고개를 저었다.

어깨를 잔뜩 움츠려서는 눈치를 보고 있는 남이준이다.

그건 제 눈치를 보는 게 아니었다.

아마도.

'남이석과 디오니소스.'

그 돌아 버린 한 쌍의 감시가 여기까지 따라붙었을까 봐 걱정하는 모습이었다.

신서진은 기감을 최대한 끌어올렸다.

최소한 이 근처에는 그 둘은 없었다.

"다시 묻지. 태평하게 얼굴이나 한 번 보겠다고 온 건 아닐 거 아니야. 상 받는 거 축하하러 온 건 더더욱 아닐 테고. 이유가 뭐야?"

"전할 말이 있어서……."

남이준은 기어 들어가는 목소리로 그렇게 말하면서도 머리를 긁적였다.

스스로가 생각해도 이 상황이 웃긴 탓이다.

언제는 신서진을 죽여 버리겠다며 머리 위에 조명을 떨궜다가 걸려 쫓겨났는데…….

하필 이런 상황에서 다시 찾은 사람이 다른 누구도 아닌 신서진이라는 사실이 말이다.

신서진은 고개를 끄덕이며 남이준의 말을 경청했다.

'콘서트장에 있는 팬들과 같은 팀 멤버들이 몰살한다면……. 글쎄요. 신인 입장에서 앞으로 활동을 이어 갈 수 있을 것 같지는 않은데요. 가장 확실하게 신서진을 쳐 낼 수 있는 방법이 아니겠습니까. 확실한 경고가 되겠죠. 신을 죽일 수 있는 자들은, 그 누가 되었든 그 주변의 모든 이들까지 다 쓸어 버릴 수도 있다는 경고.'

신서진이 듣기에도 다소 충격적일 남이석과 디오니소스의 아이디어.

남이준은 아랫입술을 잘근거리며 말을 이었다.

"분명히 그 콘서트 투어……. 무슨 장난질을 칠 거야. 솔직히 미덥지 않다는 걸 알아서 믿으라 강요는 안 하겠지만……."

콘서트 투어를 한다는 얘기는 아직 SW 엔터 측 기사로도 나가지 않았다.

기껏해야 신서진이 라디오에서 했던 말실수 몇 개만 떠돌아다니고 있을 뿐이지.

남이준이 이 타이밍에 콘서트 얘기를 입에 올리는 걸 보면 아예 근거 없는 소리 같지 않았다.

"콘서트 자체를 막아야 해. 그 안에 있는 사람들, 하나도 남김없이 전부 콘서트장과 함께 묻어 버릴 생각이라 했으니까."

분명 남이석이라면 그렇게 할 거라고, 남이준은 그리 덧붙였다.

남이석 단독의 힘으로 벌일 수 있는 일이 아니다.

결국 그 계획을 세운 것 자체가, 디오니소스의 허락 없이는 불가능하다는 사실을 눈치챈 신서진이 두 눈을 질끈 감았다.

'기어코 그걸 도울 생각인가.'

실망이다.

이미 디오니소스를 향한 실망감은 정점을 찍었다 생각했는데도, 지금 신서진이 느끼는 감정은 감히 입 밖으로 내뱉을 수 없을 만큼 큰 실망이었다.

"……"

"콘서트를 포기하든가, 활동 자체를 포기하든가. 지금으로서는 그 방법밖에 없어."

전자에 기대어 보고 싶지만 이미 콘서트를 준비 중인 SW 엔터가 그 말을 따라 줄까. 신서진은 현실적으로 의구심이 들었다.

아마 남이석이 바라는 그림은, 자신이 이쯤에서 빠져 주는 거겠지.

유니티지에서, 아니, 연예계에서 흔적도 없이 사라지고 나면……

그때 가선 남이석도 죄 없는 다른 멤버들을 건드리지는 않겠지.

힘을 잃은 제 뒤통수를 치기 바쁠 테니 말이다.

복잡한 감정들이 신서진의 머릿속을 휩쓸었다.

어떤 선택을 해야 후회하지 않을까.

몇날 며칠을 고민해 봐야 답이 나오지 않을 문제였다.

선택이라……

그 말을 곱씹던 신서진은 가만히 남이준을 돌아보았다.

"남이준."

"……?"

"인과율이라고 하지. 운명이라고도 하고, 섭리라고 부를 수도 있겠군. 그 모든 걸 다 거스르고, 네게 특별히 말해 주는 거다."

"뭐?"

신서진은 담담한 표정으로 남이준의 두 눈을 응시했다.

당황스러운 이야기였는지, 남이준의 눈꺼풀이 미세하게 떨리고 있었다.

"그 얘기를 내게 꺼낸 이상, 너는 죽는다."

"그… 그게…….."

"네 형이 너를 반드시 죽일 거다."

"……."

"아마도 그게 지난번 내가 느낀 직감인 듯싶군."

신서진이 조명 사건 당시 남이준을 살려 두었던 이유.

어차피 남이준은 곧 죽을 운명이라 그런 것이었다.

그러니 이번에도 이성적으로 생각하면, 신서진이 남이준에게 이런 말을 해 줄 이유가 없었다.

오히려 죽는 대로 내버려 두었으면 두었겠지.

그러나.

이건 그냥 받은 도움에 대한 대가라 할 수 있겠다.

마지막 기회를 주는 것이다.

"나는 도망가지 않을 테니, 너는 도망가."

나는 자리를 지키겠다.

*　　　　*　　　　*

현실적으로 생각했다.

디오니소스를 등에 업은 남이석은 이길 수 없다.

설령 녀석을 죽여 버린다해도, 그 머리 좋은 인간이 그걸 대비해 아무런 장치도 해 놓지 않았을 리 없었다.

남이준이 시상식장에 다녀갔다는 사실이 결국 새어 나갔는지, 다음 날 아침에 발신자 제한 표시의 문자가 와 있었다.

[허튼짓하지 마.]

"…건방져."

신서진은 미간을 찌푸리며 중얼거렸다.

분명 한국은 장유유서 이념이 기본이라고 들었거늘.

"내가 나이가 더 많은데……."

새끼가 반말을 하는군.

신서진은 짜증 섞인 말투로 중얼거리며 문자를 삭제해 버렸다.

그제야 마음이 조금 평안해졌다.

신서진은 휴대전화를 주머니에 꽂아 넣고선 중얼거렸다.

"그 녀석은 잘 도망갔으려나……."

남이준의 신상에 대해 잠시 걱정을 한 뒤.

으으―.

신서진은 가볍게 기지개를 켜며 그다음 할 일을 고민했다.

남이준이 말했듯 현재로서 선택지는 두 가지다.

콘서트 투어를 막든지.

자신이 조용히 물러나든지.

단, 물러날 때는 언제 있었냐는 듯 아예 저 녀석들에게서 자취를 감춰야겠지.

적어도 유니티지 멤버들을 지킬 수 있는 선택지였다.

남이석 그놈이 저를 핑계로 어떤 미친 짓을 저지를지 모르니 말이다.

하지만, 그 문제에 대해서 신서진은 이미 결론을 내렸다.

"도망치지 않아."

비겁한 선택을 할 생각이 없다.

너희를 위해 빠져 주겠다. 그건 아무것도 해 보지 않고 말없이 사라지겠다는 것과 같은 소리다.

그건 무책임한 행동을 '내가 다 책임지겠다' 따위의 말로 포장하는 것에 불과했다.

그러면 남은 건 하나잖아.

SW 엔터를 설득시키는 것뿐.

신서진은 어깨를 으쓱이며 입을 떼었다.

"콘서트장이 터질 거예요."

"……?"

*　　　　*　　　　*

라디오 스케줄 직전, 신서진은 밖으로 나가는 고선재 매니저의 팔을 붙들었다.

그러고서 예고도 없이 그 말을 내뱉었다.

"콘서트장이 터질 거예요."

그래, 오늘 저녁에도 콘서트 회의가 있기는 했다.

이미 SW 엔터 측에서 거액의 돈까지 들여서 대관을 마친 상태였고.

신서진이 알기로는 무대 준비하는 쪽 업체들과도 이미 이야기가 끝났다고 했다.

프로듀서와 안무가. 유니티지와 그간 무대를 함께 만들었던 사람들이 발을 벗고 나서면서 콘서트 준비는 일사천리로 되어 가고 있었다.

EMA 뮤직 어워드 뒤로는 셋 리스트까지 얼추 확정이 되어 서, 오늘부터는 연습도 들어갈 참이었다.

그런데.

"아, 정확히는 가라앉을 것 같아요."

느닷없이 미친 소리를 입에 올리는 신서진을 보며 고선재 매 니저는 두 눈을 끔벅였다.

"으응……?"

신서진이 조금 특이한 놈이라는 것에 대해서는 반박할 사람 이 없다.

하지만, 녀석이 가끔 알 수 없는 소리를 하긴 해도. 이런 말 도 안 되는 소리를 지껄이지는 않는다.

고선재 매니저는 당황한 기색으로 되물었다.

"그게 무슨 소리야?"

"말 그대로요. 지금 공연 취소해야 해요."

남이준이 처음 저 얘기를 꺼냈을 때 다양한 방향성을 고민 해 봤는데.

고민 끝에 녀석들이 어떤 방식으로 콘서트장을 노리는지는 알았다.

서울 한복판에서 폭발물을 들고 테러하는, 눈에 띄는 짓을 하진 않을 것이다.

걸리지도 않을 깔끔한 방법이 있으니 말이다.

그 둘은 자신들의 신성력을 이용해 정교한 함정을 설치할 것이다.

그러기 위해서는 함정을 깔 만한 충분한 시간과.

꽤 오랜 시간에 걸쳐서 준비되면서도, 가장 많은 사람들이 동시에 찾을 공간.

어느 의미에서 봐도 임팩트가 확실할 만한 무대가 필요했다.

그래서, 콘서트장을 노리는 것이었다.

시상식장도 아니고, 음악방송도 아니고. 대학 축제도 아닌, 오로지 유니티지의 단독 콘서트.

그래야 신서진이 유니티지 멤버들을 지켜 내더라도 다시는 연예계 활동을 하지 못하도록 비운의 상징이란 이미지를 씌울 수 있을 테니까.

그렇기에 최소한 자신이 남이석과 디오니소스를 제압할 수 있을 때.

그만큼 힘을 키우기 전까진 단독 공연을 진행해서는 안 된다.

신서진은 머리를 긁적이며 태연히 말을 뱉었다.

"콘서트 취소해 주세요. 저는 안 갈래요."

"…뭐라고?"

"너… 너 갑자기 왜 그러는 거냐?"

그 얘기를 잠자코 듣고 있던 최성훈이 머리를 긁적이며 말했다.

"뭐야, 나 그 대사 많이 들어 봤는데?"

신서진의 말이 진심인지 아닌지 헷갈려 하는 표정으로, 최성훈이 어디선가 들은 대사를 따라 했다.

"이따가 5시에 호떡집에 불이 날 거예요, 그거 아니야?"

"아니, 갑자기 콘서트장이 터진다니 뭔 소리야."

"서진아, 재수 없게라도 그런 말 하는 거 아니다."

차례로 차형원과 이유승의 말이 이어졌다.

최성훈은 신서진의 어깨를 손으로 툭툭 털면서 말했다.

"야, 힘들어서 농담으로 한 말이지?"

그러나, 신서진과 눈이 마주친 찰나의 순간.

최성훈은 방금 신서진이 했던 말이 장난이 아니라는 걸 깨달았다.

"…진심이야?"

원래 그러지도 않는 녀석이 저렇게 딱딱하게 굳어서는 허공을 노려다보고 있다. 마치 무언가에 분노하듯이… 막막해 보이는 표정에 최성훈은 신서진의 어깨에 올린 손을 내렸다.

"매니저님, 얘 진심인 것 같은데요……?"

고선재 매니저는 심각한 얼굴로 신서진을 돌아보았다.

최근 유니비의 스케줄이 빡세기는 했다.

고정 라디오 스케줄이 하나 추가된 데다가, 차기 유니티지 정규 앨범 준비 얘기까지 나오면서 애들 전체가 눈코 뜰 새 없이 바쁜 상황이었다.

지쳐서 나온 헛소리라면 이해가 된다.

"…당분간 쉬고 싶어? 아니면 악플이라도 봤어? 누가 너네 콘서트 망하라고 저주했어?"

"……."

"대표님께 말씀드려 줘? 다음 활동은 건강상의 문제로 쉬고 싶다고? 도무지 못 하겠으면 차라리 그렇게 말하는 게 나을 수도 있……."

"아닙니다."

신서진은 여기서 말해 봐야 아무런 의미가 없음을 깨달았다.

냉정하게 SW 엔터에서 고선재 매니저의 위치를 저울질해 보았다.

어차피 그를 설득해 봐야 위에 제대로 전달될 리 만무한 로드 매니저의 위치.

"더 높은 사람을 찾아가야 해."

음.

대표를 찾아가야겠다.

*   *   *

SW 엔터의 대표실.

한태무 대표는 책상 한편에 쌓여 있는 서류들을 바라보며 깊은 한숨을 내쉬었다.

그러나, 그의 눈빛만큼은 밝게 빛나고 있었다.

유니지 컴백 문제에 유니티지 단독 콘서트. 공백기 없이 쏟아지는 유니비의 스케줄까지.

일이 바빠서 힘들어 죽겠지만 소속 아티스트들이 잘되고 있는 것은 기쁜 일이다.

물론, 그렇다고 해서 피곤하지 않은 것은 아니다.

졸린 눈을 비비며 억지로 자세를 고쳐 앉으려던 그때.

"음?"

한태무 대표는 놀란 눈으로 고개를 들었다.

유니비의 메인보컬을 맡고 있는, 엉뚱하지만 SW 엔터의 복덩이인 신서진이 코앞에 서 있었기 때문이었다.

얼마나 졸았으면 애가 들어오는 인기척도 느끼질 못했다.

"어이구야."

한태무 대표는 너털웃음을 터뜨리며 말했다.

"언제 들어왔어? 할 말 있어서 온 건가?"

"넵."

"음, 무슨 일이지?"

신서진은 특유의 뚱한 표정으로 한태무 대표를 빤히 응시했다. 다른 아티스트들은 대표 앞에서 은근히 눈치를 살피며 어려워하지만, 자신이 아는 신서진은 한 번도 그런 법이 없었다.

늘 솔직하면서도 꾸밈없는 아이.

한태무 대표는 그것이 신서진의 매력이라고 생각했다.

하지만…….

"대표님, 제게는 비밀이 있습니다."

"……?"

브레이크도 없이 들어온 한마디.

한태무 대표의 두 눈이 크게 뜨였다.

유니티지로 있으면서 숱한 사고를 쳐 온 녀석이지만, 단 한 번도 본인 입으로 먼저 이실직고를 한 적은 없었다.

'뭐… 뭔… 사고를 친 거지?'

갑자기 분위기 잡고 저러고 있으니 가장 먼저 떠오르는 것이…….

"연애하니?"

"…아뇨?"

"약 했어?"

"네?"

"사람… 쳤니?"

두 눈을 끔뻑거리며 자신을 돌아보는 신서진.

"아닌데요."

그 한마디에, 한태무 대표는 안도의 숨을 들이마셨다.

"어우, 그 세 가지 아니면 됐다."

하마터면 다음 날 사회 1면에 신서진의 이름이 오를까 봐 긴장했던 순간이었다. 웬만한 건 어떻게든 막아 보겠는데, 저런 종류는 아무래도 힘들어서.

한태무 대표는 고개를 들어 물었다.

"그러면 또 무슨 사고를 쳤는데?"

"실은 제가 참새입… 억!"

…까지가 한태무 대표가 기억하는 마지막 장면이었다.

*   *   *

데뷔한 지 얼마 되지도 않은 신인 가수가 대표한테 찾아가서 막대한 돈을 투입한 콘서트를 철회해 달라.

혹은 나는 그 콘서트에서 빠지겠다. 따위의 말을 한다면……

그 개소리를 대표가 들어줄 가능성은 0에 수렴했다.

고선재 매니저와 멤버들의 반응을 통해 그 사실을 예측한 신서진은 정면 돌파를 선택했다.

일종의 충격요법으로 한태무 대표 앞에서 직접 신임을 증명할 생각이었다.

참새로 변하든, 기적을 선보이든.

뭐가 되었든 한태무 대표가 믿을 수밖에 없는 장면을 보여 줘야지.

최대한 피하고 싶은 방법이었지만 어쩔 수 없었다.

남은 방법은 이뿐이라고 생각했으니 말이다.

한데, 제 유일한 계획을 방해당하고 말았다.

신서진은 미간을 찌푸리며 고개를 천천히 들었다.

그의 머리 바로 위로 익숙한 얼굴이 혀를 끌끌 차고 있었다.

심기가 불편한 얼굴로 중얼거리는 아프로 비안체였다.

"드디어 미쳤군."

얼마나 다급히 낚아챘으면 신서진의 목덜미가 얼얼했다.

신서진은 불쾌하다는 듯 낮게 깔린 목소리로 말을 뱉었다.

"뭐 하는 짓이죠."

"정신 나간 짓거리를 하니 말릴 수밖에. 내가 방금 얼마나 식겁했는 줄 알아?"

아프로 비안체는 기가 찬다는 듯 헛웃음을 터뜨렸다.

다급히 신서진을 빼내고 대표의 기억을 지웠기에 망정이지, 그대로 놔뒀으면 아주 대형 사고를 칠 뻔했다.

무언가 말을 하려 입을 떼는 신서진을 아프로 비안체가 막아 섰다.

"잠깐."

아프로 비안체에게서 차가운 한마디가 튀어나왔다.

"무리할 필요 없다. 이건 차라리 콘서트장을 내주는 게 맞으니."

"예?"

그게 무슨 소리냐는 듯 신서진의 표정이 심각해졌다.

아프로 비안체는 어깨를 으쓱이면서 말을 이었다.

"놈들의 계획에서 한 가지 확실한 건 그거지. 둘에게 콘서트장을 가라앉힐 수 있는 능력이 있다는 거. 그렇다면 그 힘으로 더한 사고도 칠 수 있지 않나?"

신서진의 개입으로 콘서트가 취소되는 것까진 좋다.

하지만, 계획이 틀어졌다고 해서 순순히 물러설 둘이 아니기에…….

아프로 비안체의 말대로 목표만 바뀔 뿐이었다.

"콘서트장도 무너뜨릴 녀석이 네 소속사 하나 못 무너뜨릴까."

시도하지 않았을 뿐 가능성 있는 얘기다.

"아니면 음악방송 세트장이 될 수도 있겠군."

변수가 크기에 그쪽을 고려하지 않았겠지만, 궁지에 몰리면 대안 B를 생각하게 마련이다.

아프로 비안체는 가능하면 그러한 가능성을 차단하고 싶었다.

"차라리 계획이 뚜렷한 콘서트장이 타깃인 쪽이 대책을 세우기 좋다."

신서진은 인상을 쓰며 중얼거렸다.

아프로 비안체의 말이 아예 틀린 건 아니지만 뚜렷한 해결책이 없었다.

"대책이랄 게 없지 않습니까."

"현재로선 그렇지만……."

멤버 몇 명이야 빼낼 수 있을지도.

하지만, 공연장이 무너지는 거 자체를 신서진이 막을 방법은 없다.

관심으로 모인 빛의 가루가 상당하지만 아직 디오니소스에 필적할 수준은 되지 않는다.

괴상한 방법으로 힘을 키우고 있는 남이석도 마찬가지고.

하지만, 아프로 비안체는 고개를 저으며 말했다.

"우리가 있잖나."

혼자라면 모르겠지만 셋이라면 할 수 있을 것이다.

"……?"

신서진이 고개를 든 순간.

"맞아, 나도 있지."

또각또각.

구둣소리와 함께 뒤편에서 단발의 여자가 걸어 나왔다.

전보다는 수척한 모습을 하고 있었지만 그래도 그사이 많이 회복된 듯한 얼굴의 아테나였다.

저를 배신하고 봉인해 버렸던 디오니소스.

녀석을 향한 복수심이 온전히 느껴지는 서늘한 눈빛.

"그 자식, 조져 놓을 생각이거든."

신서진은 아테나의 두 눈을 응시하며 나직이 중얼거렸다.

"셋이면……."

그래, 아예 가망이 없는 건 아니었다.

아프로 비안체가 그리도 원했던 대책이라는 것이, 불현듯 머릿속에 떠올랐으니까.

"방법이 있네요."

신서진은 단언하듯 말을 뱉었다.

아까와는 다르게 확신에 찬 얼굴이었다.

"저희는 콘서트장을 무너뜨릴 겁니다."

＊　　　　＊　　　　＊

분주한 연습실.

서울예고 축제 당시에 편곡해 두었던 음원이 스피커로 흘러
나왔다.

정신을 놓고 즐겨

여긴 네가 본 적 없는 past

지금은 다시 닿을 수 없는 future

나는 사실 잘 몰라 It's look a like a stranger

딸깍.

잠시 음원을 멈춘 차형원.

그가 손짓을 하며 최성훈을 불렀다.

"어, 잠깐만. 성훈이 멈춰 볼래?"

"넵."

"성훈이 네가 stranger 할 때 앞으로 오고 자연스럽게 강민
이한테 동선을 토스해 주면 좋을 것 같은데?"

"아, 이런 식으로요?"

차형원의 한마디에 최성훈이 앞으로 튀어나왔다.

확실히 이쪽이 동선이 더 깔끔하다.

차형원은 만족한 얼굴로 엄지손가락을 치켜들었다.

"응, 이대로 가면 되겠는데? 다시 음악 틀까?"

"넵!"

원래 에이틴 버전이었던 〈Future and past〉를 아홉 명이 소화하게 되면서, 동선부터 시작해서 파트까지 많은 것들이 바뀌었다.

짧은 기간 안에 아홉 명 버전으로 파트를 나누어야 하니, 차형원과 이유승은 함께 동선 체크에 매달렸다. 이유승은 〈Future and past〉를 처음 추는 서하린과 한시은을 위해 안무를 하나씩 알려 주고 있었다.

"발부터 먼저 갈게. 오른발 두 번 먼저 땅에 찍고 바로 왼발한 번."

"응."

"다시 오른발로. 박자는 처음 박자 그대로야."

어차피 한 시간 뒤면 안무 수업이라 트레이너 쌤이 오겠지만, 그 전에 한 번씩 맞춰 보고 들어가서 나쁠 것 없다. 다들 시간을 조금이라도 낭비하지 않겠다는 의지가 보였다.

그만큼 소중한 첫 번째 단독 콘서트였으니 말이다.

그때, 거친 숨을 몰아쉬며 물병을 따고 있던 이유승이 고개를 들었다.

"어, 서진이 왔냐?"

단독 게스트로 참여했던 라디오 스케줄을 마친 신서진이 연습실로 들어왔다.

공백기임에도 불구하고 워낙 찾는 곳이 많으니 요새 부쩍

바빠진 참이었다.

신서진은 고개를 끄덕이며 연습실 바닥에 가방을 내려놓았다.

뚝.

스피커 옆에 서 있던 유민하가 노래를 끄며 물었다.

"서진이 왔는데 잠깐 쉬었다 할까?"

"그래. 야, 조금만 쉬자. 죽겠다……."

"으으."

그 말만을 기다렸다는 듯, 최성훈이 곡소리를 내며 바닥에 주저앉았다.

악바리로 버티고는 있었어도 다들 여간 지친 표정이 아니었다.

쪼르르.

아직 에너지가 남았는지 물병을 들고 달려온 유민하가 신서진의 옆에 털썩 앉았다.

"스케줄은 잘하고 왔어?"

"응."

신서진은 고개를 돌려 유민하에게 물었다.

"몇 시부터 연습했는데?"

신서진의 말에 유민하는 잠시 고민하더니 입을 뗐다.

"아침 7시부터?"

아침 7시에 연습실 출근이라니.

지금이 벌써 오후 5시였다.

"아침 먹고, 점심 가볍게 먹고. 식사 시간 빼고는 거의 여기 있었지. 우리 연습 너무 밀렸잖아."

하물며 유니지는 당장 얼마 남지 않은 컴백까지 같이 준비하느라 몸이 두 개라도 모자랄 지경이었다.

유민하의 두 눈은 생기 있게 빛나고 있었지만, 그럼에도 은연중에 피곤함이 느껴졌다.

유민하는 피식 웃으며 운동화 끈을 세게 묶었다.

"다른 연습도 아니고 콘서트인데 열심히 하려고."

그 말에 이다영이 웅얼대며 끼어들었다.

"나도……. 콘서트잖아."

우물우물.

끼니도 안 챙겨 먹고 연습을 한 모양인지 뒤늦게 식빵을 욱여넣고 있는 이다영과 눈이 마주쳤다.

이다영은 유민하처럼 배시시 웃으며 말을 뱉었다.

"이런 말은 조금 그런데…. 난 이번 컴백보다도 콘서트가 더 기대된단 말이야."

"그러냐……?"

이건 조금 의외였다.

유니비가 빌보드 차트 인을 할 정도로 성공하는 동안, 내색은 하지 않았어도 유니지 유닛도 한시라도 빨리 컴백하고 싶어 했다.

같은 팀에 활동 시기가 차이가 있으니 그런 것도 있겠지만, 조금의 공백기라도 몸이 근질거려서 버틸 수 없는 것이 신인의 심정이었다.

그렇게 목이 빠져라 기다리더니만…….

어쩌다 보니 콘서트에 우선순위가 밀려 버렸다.

신서진은 유민하를 향해 슬쩍 물었다.

"너도 그래?"

"응, 콘서트?"

컴백과 콘서트 중에 경중을 따질 수는 없으니 둘 다 최선을 다하는 중이다.

하지만, 그래도 조금 더 기대가 되는 쪽을 골라 보자면······.

"음, 나도 콘서트······?"

유민하는 머리를 긁적이며 웃었다.

"데뷔 전부터 진짜 서 보고 싶었던 무대라서."

"그래?"

"너, 제대로 된 콘서트 한 번도 못 가 봤지."

신서진은 유민하의 말에 고개를 끄덕였다. 콘서트 무대에 서 본 적도 없을뿐더러, 다른 가수의 콘서트를 특별히 보러 간 기억이 없었다.

SW 엔터 연습생들은 견학 느낌으로 자주 보내 주곤 하던데.

유니티지야 서울예고에 있다가 바로 계약서를 썼으니 그럴 시간도 없었다.

호기심으로 가득한 신서진의 눈빛에, 유민하는 웃으며 설명을 늘어놓았다.

"우리 축제 때 기억나?"

서울예고 축제를 말하는 거라면, 신서진에게도 꽤 좋은 기억으로 남아 있었다.

음악방송은 물론, 여기저기 라디오에 출연하면서 무대에 선 적은 여러 번이었다.

하지만, 역시 자신에게 무대의 설렘을 알게 해 주었던 서울예고 축제를 잊을 수는 없는 법이었다.

"그런 행복한 무대가, 거의 2시간 반 동안 이어지는 거잖아. 셋 리스트는 전부 다 우리 노래로, 무대를 채우는 것도 우리 단독으로. 그렇게 생각하면 설레지 않을 수가 없잖아."

"…아."

"나는 그렇게 길게 무대를 서 본 적이 없어서. 걱정도 되고 그렇지만, 한 가지 확실한 건……. 너무 재밌을 것 같아."

유민하의 볼이 발그레해졌다.

여전히 조금 남은 콘서트지만, 상상하는 것만으로도 즐겁다는 표정이었다.

그건 이다영 역시 마찬가지였다.

마치 콘서트 당일을 머릿속으로 상상하듯, 얼굴은 환하게 웃고 있었다.

유민하는 확신에 찬 목소리로 말을 뱉었다.

"나는 콘서트가 너무 하고 싶어."

그 꿈을 이룰 수 있어 행복하다.

그렇게 말하는 두 사람에게, 신서진은 작게 중얼거렸다.

"다행이야."

그 설렘을 지켜 주고 싶었다.

*   *   *

중간에 느닷없이 '콘서트장이 터질 거예요'라며 헛소리를 해 댔던 신서진이 있었지만 콘서트는 예정대로 진행되었다.

무엇보다 그다음부터는 신서진도 별다른 투정 없이 콘서트 연습에 집중했다.

애초에 차고 넘치는 재능 못지않게 연습을 열심히 하는 성격이라, 적어도 연습 면에서 속을 썩이지는 않았다.

거의 일주일에 걸친 무대 제작.

마침내 유니티지가 설 무대가 핸드볼 경기장에 완공되었다는 소식이 들려왔고.

그로부터 또 일주일 뒤.

결국 콘서트 당일 날 아침이 찾아왔다.

콘서트장으로 향하는 차량 안.

끼이이익—.

좌석 등받이를 편하게 뒤로 젖힌 최성훈이 고개를 돌려 신서진을 보았다.

"……."

다른 멤버들은 조금이라도 체력을 비축하겠답시고 숙소에서 출발하자마자 잠들었고, 유일하게 깨어 있는 건 신서진과 최성훈이었다.

최성훈이야 음악을 들으며 가는 걸 좋아해서 아직 깨어 있는 것이었지만.

신서진은 아까부터 미동도 없이 창밖을 빤히 보고 있었다.

'뭐야, 저 사고 칠 것 같은 눈빛?'

유니티지로 함께 활동하면서 신서진의 그러한 눈빛을 익히봐 온 최성훈은 불안해졌다.

쟤는 꼭 아무 말 없이 가만히 있다가 불쑥 사고 치더라.

콘서트 일정이 정해지고 얼마 되지 않아 콘서트 자체를 반대하고 나섰던 신서진.

그 뒤로 군말 없이 따라왔지만 여전히 콘서트가 탐탁지 않았던 건가.

신서진의 표정을 그런 뜻으로 해석한 최성훈은 목소리를 낮춰 물었다.

"야, 신서진."

"……?"

"너 콘서트 안 하겠다고 난리 쳤던 건은 해결이 됐냐?"

아.

최성훈의 말에 신서진은 고개를 살짝 끄덕이고선 다시 창밖으로 시선을 돌렸다.

"대표님과 얘기해 본다고 하지 않았어?"

"……."

"진짜 찾아갔었어?"

깊은 생각에 잠긴 건지 대답이 없다.

최성훈은 걱정 어린 눈빛으로 한숨을 푹 내쉬었다.

워낙에 솔직한 성격이니 특별히 신경 쓸 것 없이 늘 생각이 훤히 읽혀 왔던 신서진이다.

그런데 꼭.

이런 결정적인 순간에는 도통 무슨 생각을 하고 있는 건지 알 수 없었다.

무대에 진심인 녀석이 콘서트를 반대한 이유도 그렇고.

'콘서트장이 터질 거예요.'

그런 섬뜩한 예언을 아무렇지 않게 한 것도 그렇고.

마음에 걸리는 것은 많은데 심증만 있는 느낌이다.

물어보고 싶은 게 한 트럭인데 답해 줄 생각도 없는 모양이고.

최성훈은 타는 목을 축이기 위해 물을 한 모금 꼴깍 넘겼다.

그때였다.

"아무 일도 없을 거야."

조용한 차 안.

신서진의 목소리가 나직하게 울려 퍼졌다.

"뭐?"

최성훈은 두 눈을 동그랗게 뜨고선 되물었다.

운전석에 앉아 있는 고선재 매니저도 귀를 쫑긋 세웠다.

"아무 일도 없을 거라고."

오히려 그 말을 들으니 꼭 무슨 일이 일어날 것 같지만, 이어 지는 뒷말은 알 수 없이 든든했다.

"……."

신서진은 최성훈을 천천히 돌아보며 입을 떼었다.

"약속할게."

"어… 그래라……."

최성훈은 떨떠름한 표정으로 고개를 끄덕였다.

                    *   *   *

아티스트를 위해 마련된 대기실.

메이크업아티스트들의 현란한 손길이 멤버들의 얼굴 위를 누볐다.

톡톡.

빠르게 쿠션을 두드리는 소리와 함께, 까랑까랑한 스태프들의 목소리가 울려 퍼졌다.

"오늘 무대 빡세게 하면 화장 다 지워질 텐데 최대한 신경 써서 해 줄게요."

"네에……."

"오늘 몇 곡 해요?"

"스물… 한… 곡……."

"어이구, 빠듯하겠네요!"

메이크업을 해 주시는 분들은 아침부터 에너지가 넘쳤지만, 그걸 받아치는 멤버들은 그렇지 못했다.

다들 이미 반쯤 죽어 가는 얼굴로 꾸벅꾸벅 졸아 대고 있었다.

콘서트장에 도착하고 나서 리허설을 한 번 마쳤고, 무대 장치들도 한 번씩 둘러보면서 체크했다.

이른 아침부터 그리 바쁘게 움직인 데다가, 밤에 있을 콘서트 일정을 생각하니 벌써부터 피곤이 몰려왔다.

거기에 더해, 스타일리스트들은 마지막으로 의상 관련 사항을 당부하느라 정신이 없어 보였다.

"의상은 저쪽에 다 챙겨 놨으니까 이따가 정말 빠르게 입고 올라가야 해요."

"네엥……."

"다들 이해하고 있는 거지? 어머, 성훈이는 그냥 자는데?"

"……."

콘서트는 다른 무대보다도 여유 시간이 턱없이 부족했다.

한번 무대 위로 올라가면 연이어 세 곡씩 소화해야 하는 데다가, 중간에 옷 갈아입는 시간도 넉넉히 주어지지 않아서 백스테이지에선 거의 뛰어다녀야 할 형편이었다.

VCR 영상으로 5분가량 벌면 그사이에 옷을 다 챙겨 입고 메이크업까지 수정하는 식으로 벌어지는 고난의 행군이었다.

"신인인데 셋 리스트 너무 빡세게 잡은 거 아니에요?"

"보여 줄 수 있는 거 다 보여 주고 싶어서요……."

욕심을 내다 보니 시간이 꽉꽉 차 버렸다.

그나마 다행인 건 유닛별 무대가 있어서 중간중간 조금이라도 숨 돌릴 틈이 있다는 점이었다.

그나저나.

스윽. 슥.

고개를 두리번거리던 고선재 매니저는 이상함을 감지하고 멈춰 섰다.

"신서진 어디 갔어?"

대기실 안이 워낙에 정신없어서 잠깐 놓치고 있었다.

고선재 매니저의 말에 최성훈이 몽롱한 정신으로 대답했다.

"아까 밖에서 물 마신다고 나갔잖아요."

그것까진 고선재 매니저도 봤다.

무슨 물가에 내놓은 어린애도 아니고, 물 좀 먹고 온다는 걸 따라 나가기도 뭐해서 그냥 내버려 뒀다.

근데 바로 복도 앞에 나갔던 녀석이 이상하게 보이질 않았다.

"어라, 진짜 어디 갔어?"

대기실 밖으로 고개를 빼꼼 내민 고선재 매니저가 미간을 찌푸리며 휴대전화를 꺼냈다.

밖에는 슬슬 유니티지 단독 콘서트를 보기 위해 도착한 팬들이 모여드는 참이었다.

그 와중에 뜬금없이 녀석이 밖에 나갔을 리는 없고…….

뚜르르—.

고선재 매니저는 다급히 신서진에게 전화를 걸었다.

"왜 안 받아? 얘 진짜 어디 간 거야?"

애타는 수화음만 이어질 뿐 신서진은 전화를 받지 않는다.

콘서트를 앞두고 사라져 버린 메인보컬. 고선재 매니저는 아찔한 상황에 휴대전화를 꼭 붙들었다.

"얘들아, 잠깐만. 나갔다 올게."

"어, 매니저님! 여기, 신서진 있다는데요?"

다급히 SNS를 확인한 최성훈이 고선재 매니저를 불러 세웠다.

메이크업을 최종 체크하는 메이크업아티스트들은 물론이고, 스타일리스트들까지 심각한 얼굴로 최성훈을 돌아보았다.

"멀리 안 가고 요 앞에서 팬들이랑 사진 찍고 있대요."

꺄아아아아—.

1층에서 고성의 비명이 들리는 듯하다.

어쩐지 아까부터 밖이 유난히 시끄럽더라니.

고선재 매니저의 표정이 딱딱하게 굳어 버렸다.

"아니, 얘는 왜 위험하게 혼자 돌아다녀!"

"그러게요……?"

시끄러운 소란에 잠이 깨 버린 유민하가 뒤늦게 상황을 파악하고선 놀란 눈이 되었다.

"아니, 얘가 무슨 바람이 들었대?"

콘서트 당일에 웬 단독행동이냐.

고선재 매니저는 휴대전화를 주머니에 밀어 넣고선 자리에서 벌떡 일어났다.

"안 그러던 애가 이상해졌어. 잡아 올 테니까 다들 기다리고 있어라."

"매니저님, 다녀오세요!"

"넵!"

"너네는 어디 가지 말고!"

고선재 매니저는 울상이 되어서는 밖으로 뛰쳐나갔다.

*　　　　　*　　　　　*

[콘서트장에 신서진 떴다]

ㅈㄱㄴ 지금 매표소 앞에서 신서진이 팬들이랑 사진 찍어 주고 난리 남

실물 존잘임 코앞에서 봤다ㅋㅋㅋ 이게 무슨 일이냐

—엥? 이거 실화야?

└아니, 콘서트 전에 멤버가 왜 저기 있어ㅋㅋㅋ

└팬 서비스 미쳤네;;

└지금 여기 난리 났다 거의 피리 부는 사나이임 팬들 우르르 몰고 다녀

—연예인은 연예인이야 머리 겁나 쪼그맣고 키 완전 크네 그냥 보자마자 헉 소리 나옴

ㄴ와 ㅁㅊ 코앞에서 봤어?

ㄴ응응ㅠㅠ 그냥 기절할 뻔

ㄴ덕계못이라더니 콘서트장 바로 앞에서 최애 보기

ㄴ아니, 출근길 기다린 것도 아닌데 매표소에서 튀어나올 줄은
몰랐지

ㄴ이걸 실물을 보네……. 나 그냥 냅다 기절할 뻔

ㄴ와 ㅠㅠㅠㅠㅠㅠ부럽다

—다른 멤버들은? 아니 리허설 끝나자마자 나온 거야?

ㄴ서진이 혼자만 있엉

ㄴ으아아ㅠㅠ 한 명씩 다 사진 찍어 준다 여기 지금 거의 줄 서
고 난리 났음

ㄴㅁㅊ 현장 사진 좀 ㅠㅠㅠㅠ

ㄴ[사진 jpg]

ㄴ헐

ㄴ와 미친

ㄴㅋㅋㅋㅋㅋㅋㅋㅋㅋㅋ진짜네

ㄴ관심 즐기는 아기 토끼처럼 뿌듯하게 길거리 활보 중

찰칵.

찰칵.

한 걸음 내디딜 때마다 사방에서 쏟아지는 셔터 소리.

신서진은 그걸 즐기며 여유롭게 길을 걸었고, 그 뒤로는 팬
들이 우르르 쫓아오고 있었다.

그런 팬들을 무시하고 가는 것이 아니라 한 명 한 명 눈도

마주치는 데다가, 되는 한 사진까지 찍어 주고 있었다.

역대급 팬 서비스에 커뮤니티가 난리가 난 상황.

고선재 매니저는 엄청난 인파를 뚫고 신서진을 찾아 나섰다.

어딜 갔나 걱정했건만 여기저기 둘러볼 필요도 없었다.

"신서진!"

사람들이 몰려 있는 곳에서 신서진을 쉽게 찾을 수 있었으니 말이다.

"……!"

팬들 틈으로 뒤늦게 고선재 매니저를 발견한 신서진의 두 눈이 동그래졌지만 때는 이미 늦었다.

"어서 따라와……!"

입모양으로 다급히 말하는 고선재 매니저.

"억!"

당연히 무단 탈주의 끝은 연행이었다.

신서진은 고선재 매니저의 손에 이끌려 질질 끌려갔다.

"너어… 왜 콘서트 날에 사고를 치냐."

"잠깐 나온 건데요."

"말을 하고 나와야지……!"

팬들에겐 들리지 않을 작은 목소리로 투닥거리며 돌아가는 두 사람.

찰칵거리며 셔터를 눌러 대던 팬들은 다시금 새로운 글을 올렸다.

[어? 신서진 끌려감]

방금 매니저가 와서 끌고 감 ㅋㅋㅋ

허락 안 받고 나온 거였나 봄

ㅡㅁㅊ 매니저한테 끌려갔대 ㅋㅋㅋㅋㅋㅋㅋ

ㄴ지금 현장인데 질질 연행되듯 끌려감

ㄴ끌려가면서 세상 해맑게 팬들한테 손 흔들어 주고 갔어

ㄴ아니, 매니저님 ㅠㅠ 육아 난이도 뭐냐고

ㅡ지금 팬들 만날 생각에 들떠서 허락도 안 받고 튀어나온 거야? 이 아기 토끼야 ㅠㅠ

ㄴ팬 사랑은 좋은데 매니저 얼굴이 새하얗게 질렸더라

ㄴ허락은 받고 나왔겠지

ㄴ그런 얼굴이 아녔음 ㅋㅋㅋㅋ

ㅡ아니, 콘서트 당일에 막무가내로 무단 탈주 한 거임? 내가 매니저였으면 혈압 올라서 쓰러졌을듯 이걸 귀엽다고 좋아하네 ㅋㅋ

ㄴㅁㄱ

ㄴ과몰입 금지

물론 이때다 싶어 까 내리는 사람들이 없는 건 아니었지만. 이래저래 큰일 없이 마무리된 해프닝이었다.

＊　　　　＊　　　　＊

"아니, 왜 말도 없이 대기실을 나간 거야? 팬들이 갑자기 그렇게 보고 싶었어? 여기 다 속 타들어 가는 동안 팬들이랑 사진을 찍고 있고……. 어?"

대기실에 돌아가는 동안에도 고선재 매니저의 폭풍 잔소리
가 이어졌다.

신서진은 잔소리를 반쯤 흘려들으며 고개를 끄덕였다.

"…너, 무슨 일 있지?"

고선재 매니저의 한마디에 신서진은 알 수 없는 표정으로 그
를 돌아보았다. 표정을 보아하니 입을 열 것 같지가 않다.

아니, 입을 열긴 했는데 쓸모 있는 말은 아니었다.

"마지막으로 관심을 받고 싶어서요."

"콘서트 때 넘치도록 받을 거야."

"꼭 써먹을 때가 있었어요."

"그래……. 알았다."

대체 무슨 소리를 하는 건지.

고선재 매니저는 한숨을 푹푹 내쉬면서 이마를 짚었다.

그래, 일이 커지지 않았으면 이쯤에서 됐다.

"원래 그러지 않던 애가 오늘은 더 이상하네……. 됐다, 서
진아. 콘서트 끝나고 얘기하자."

혼낼 시간도 없었다.

얼마 있으면 진짜 무대에 올라야 할 시간이니까.

옷만 간단히 챙겨 입고 최종 메이크업을 손 보고 나면 정말
콘서트를 시작할 시간이다.

차형원은 두 사람 사이에 끼어들어 손을 들어 보였다.

"네, 콘서트 끝나고 얘기해요. 그 전에 파이팅 한번 하고 들
어갈까요?"

리더다운 적절한 커트.

차형원의 한마디에 나머지 일곱 명도 우르르 가운데에 모였다.

"파이팅 한 번 하고 들어가요!"

차례로 한 명씩 손을 포개었고, 신서진은 긴장한 얼굴로 서서 그 위에 손을 얹었다.

"유니티지 파이팅!"

"파이팅! 파이팅! 파이팅!"

빛의 가루는 채워졌고, 콘서트는 이제 시작이다.

*　　　　*　　　　*

사람들이 많이 모여서 북적북적한 콘서트장 안.

기대감에 웅성대는 팬들을 특별히 제지하는 사람도, 제지할 이유도 없는 상황이다.

하지만, 그 모든 팬들이 일제히 계산이라도 한 듯 조용해지는 순간.

긴 대기 시간이 마무리되고.

바로 콘서트 VCR이 나왔다.

유니티지의 데뷔 팬, 한지영은 침을 삼키며 전광판에 집중했다.

그동안 유니티지의 단독 콘서트를 얼마나 기다려 왔는지 몰랐다.

신인이라 조금 뒤에 콘서트를 열 줄 알았건만, 유니비의 컴백 활동이 엄청난 호응을 받으면서 예정보다 첫 단독 콘서트가 일찍 열렸다.

유니티지 중에서도 신서진을 가장 좋아하는 그녀는 FLOOR석에서 신서진의 실물을 한 번만이라도 보면 소원이 없을 것 같았다.

무려 신의 손이라는 친구의 손을 빌려 힘겹게 잡아낸 FLOOR석 돌출 1열이다.

엄청난 시간과 돈을 갈아 넣어 참석한 콘서트.

6시 정각.

콘서트가 시작하는 시각과 동시에, 전광판이 깜빡였다.

"…허업."

동시에.

커다란 전광판 위로 유니티지의 얼굴이 비치며, 미리 찍어 두었던 VCR 영상이 흘러나온다. 콘서트를 위해 준비한 영상이니만큼 착장마저 완벽하다.

전광판 속, 샛노란 드레스를 입은 유민하가 두 눈을 굴리며 입을 떼었다.

―어, 이상하다. 길을 잃은 것 같아.

―왜, 무슨 일이야?

"꺄아아아악!"

유민하의 뒤로 베레모를 쓴 신서진이 비치자 팬들은 함성을 지르며 환호했다.

'뭐야, 착장 무슨 일이야.'

한지영은 응원봉을 흔들어 대며 그런 팬들을 따라 소리 없는 아우성을 내질렀다.

와중에도 VCR에서는 유민하의 목소리가 흘러나오고 있었다.

―여기 분명 우리를 기다리는 사람들이 많다고 들었는데 보이질 않거든.

　심각한 얼굴로 중얼거리는 유민하.
　어색할뿐인 연기였지만 팬들은 귀엽다며 환호성을 내질렀다.
　그 순간, VCR 영상 속에서 걸어나온 최성훈이 머리를 긁적였다.

　―그래? 난 아까부터 들리는 것 같은데.
　―어… 나도!
　―꽤 가까이 있는 거 아니야?

　두리번. 두리번.
　최성훈이 고개를 까닥일 땐 관객석에서 웃음이 터져 나온다.
　그때.
　해맑게 웃으며 튀어나온 차형원이 관객석을 손으로 가리켰다.

　―어, 저기! 보인다! 저분들 우리 팬분들인가 본데……?

　신서진은 입을 틀어막으며 두 눈을 동그랗게 떠 보였다.
　멘트를 토스해 건네받은 것은 한시은이다.

　―여러분, 저희 거의 다 도착했는데요. 길을 찾는 게 너무 어

려워요.

　—여러분이 불러 줘야 길을 찾을 수 있을 것 같아요.

　—다들 할 수 있죠? 카운트 다운 시작해 볼까요?

"와아아아아악!"

점점 뜨거워지는 열기 속, 전광판 위로 숫자가 떠오른다.

팬들은 일제히 손을 들어 올려 카운트 다운을 시작했다.

"5."

"4."

"3!"

"2!"

마지막······.

"1!"

파앗—.

흰 연기가 공연장 안에 피어오름과 동시에 조금씩 가까워지는 실루엣.

"···헉."

흰 셔츠에 검은 정장 차림을 한 신서진을 목도한 한지영은 비명을 내지르며 입을 틀어막았다.

"꺄아아아아아악!"

＊　　　　＊　　　　＊

은은한 조명 아래로 천천히 아홉 사람이 걸어 나온다. 관객석과 가까워지는 거리에 비례해 높아지는 함성.

콘서트의 시작을 여는 곡은 유니티지의 미니 앨범 타이틀곡 'Fantasia'였다.

몽환적인 분위기의 아름다운 곡.

일렁이는 야광봉 불빛들을 배경으로 도입부의 신시사이저음이 흘러나왔다.

처음 이 곡을 받고 데뷔했을 때의 설렘.

그 감정이 고스란히 담겨 있는 얼굴로 유민하가 입을 떼었다.

자 이제 시작이야
눈부시게 빛나는 Fantasia

데뷔 시절의 'Fantasia'와 비슷하면서도 미묘하게 다른 움직임.

아홉 명이 매끄럽게 움직이며 동선을 그렸다.

세상이 그냥 하얀 도화지였을 때
나는 선을 그렸어
그건 그저 낙서였어
처음부터 나는 무엇도 그릴 생각이 없었으니까

차형원은 유민하의 노래를 받아 툭툭 랩을 뱉었다.

완벽한 딕션과 차형원 특유의 목소리가 어우러지면서 관객석에서 탄성이 터져 나왔다.

"와아아아아아악!"

"아악, 미친!"

신서진은 유영하듯 센터를 비집고 들어가 춤을 추기 시작했다.

신인상을 받기까지 그 짧은 시간 동안 변한 게 있다면…….

그건 바로 경험이었다.

전보다 훨씬 여유가 느껴지는 춤선은 신서진이 놀랍도록 '성장'했음을 증명하고 있었다.

타고난 음악적인 재능에, 어딜 갔어도 잘되었을 원석이지만. 신서진은 지난 시간 동안 제 원석을 부던히도 갈고닦아 보려 애를 썼다.

너는 세상을 그리려 했어

물결을 그리고 또 그 위에 원을 그렸어

내 낙서 같은 건 네 이상이 될 수 없어

우리는 이렇게 얽혀 있는 실타래가 아니라

흘러가는 거라고 너는 말했어

이 무대는 그간의 노력에 대한 결과물이다.

몇백, 몇천 년 만에 처음으로 진심이었던 순간들.

그 순간들에 대한 기록이다.

되도 않는 망상 따위 집어치워

원 밖으로 나오라고

이곳은 그림판이 아니야

네가 그렇게 만들어 낸 건 그저 허상이야
Our life is not a fantasia

조금도 힘을 들이지 않고 올라가는 신서진과 유민하의 깔끔한 고음.

눈부시게 빛나는 FANTASIA
좁은 이곳이 내겐 감옥 같지 않아
날아올라

유니티지가 유니티지임을 증명하는 무대.
"와아아아악!"
"꺄아아아아악!"
"유니티지! 유니티지! 유니티지!"
그렇게 첫 무대가 끝났다.

                    *   *   *

핸드볼경기장의 VIP석에는 한동우 기자도 앉아 있었다.
유니티지 전문가라고 불릴 정도로 데뷔 전부터 유니티지 관련 기사만 써 댔으니, 이번 콘서트도 빼놓을 수 없었던 탓이었다.
솔직히 말해서, 주책맞다고 해도 할 말은 없지만…….
한동우 기자는 어제 밤을 설칠 정도로 유니티지 콘서트를 기대했었다.

매니저도 아니면서, 마치 제가 키운 자식 같다고 해야 할까.

관객을 최대 6천 명까지 수용 가능한 이 큰 공연장에서 유니티지가 첫 단독 콘서트를 열겠다고 하니 감회가 새로웠다.

하지만, 한편으로는 걱정도 되었다.

'잘할 수 있을까.'

아직 한동우 기자의 기억 속에서는 서울예고 재학 시절의 앳된 모습이 남아 있었다. 실제로 아직 멤버 전원이 성인이 되지 않은 어린 학생들이기도 했고.

한데, 그런 걱정이 무색할 만큼…….

콘서트의 첫 번째 무대, 'Fantasia'는 완벽했다.

흠 잡을 구석을 조금도 찾아볼 수 없었다.

이 넓은 무대를 고작 아홉 명이서 꽉 채울 수 있을까.

한동우 기자는 그렇게 생각했지만, 아홉 명의 파워는 핸드볼경기장이 아니라 주경기장을 날려 버리고도 남을 것 같았다.

그다음 곡은 어땠나.

서울예고 시절에 두 눈으로 직관했던 'Future and past'.

그 당시에도 감탄했었지만 에이틴 다섯 명 버전을 유니티지 아홉 명 버전으로 바꾸고도 전혀 이질감이 없었다.

정신을 놓고 즐겨
여긴 네가 본 적 없는 past
지금은 다시 닿을 수 없는 future
나는 사실 잘 몰라 It's look a like a stranger

한눈에 봐도 돈을 많이 때려 넣은 듯한 무대 세트.

90년대가 떠오르는 복고풍 의상과 함께 신나는 댄스를 선보인 유니티지를 보면서, 한동우 기자는 입가에 웃음이 떠나질 않았다.

그토록 무시하고 짓밟아도
결국 다 돌아오게 되어 있는 걸
유행은 돌고 돌아
나는 다시 네 앞에 서 있어

이대로가 조화롭다.

이대로 마의 7년 계약을 넘겨서, 오래도록 함께해 주길 바라게 되는 가수는 처음이었다.

마치 원래부터 합을 맞춰 왔던 것처럼.

신인답지 않게 온전히 한 팀이 되어 버린 그룹.

뽑을 수 있는 타이틀이 너무 많고.

쓰고 싶은 기자도 너무 많아서 미쳐 버릴 것 같았다.

어떤 환상적인 순간을 포착해 기사를 써야 하나.

그리 머리를 굴리던 한동우 기자는 어느 순간부터 포기하고 즐기기 시작했다.

"얘들아, 너네가 무대를 찢어 버렸다!"

그렇게 'SHOW' 무대까지 연달아 세 곡이 끝난 뒤에.

차형원이 앞으로 걸어 나왔다.

"안녕하세요, 정식으로 인사드립니다. Be the one, Be your

unit! 유니티지입니다!"

차형원의 우렁찬 인사와 함께 유니티지 전원이 고개를 숙였다.

"꺄아아아아악!"

"얘들아 사랑해!"

"형원아, 이쪽 봐 줘!"

팬들의 환호성에 바닥이 흔들릴 정도였다. 파도처럼 일렁이는 응원봉과 그에 상응하는 함성 소리. 한동우 기자는 온몸에서 전율을 느꼈다.

자신도 이럴 정도면 유니티지는 얼마나 더할까.

모든 관객들이 잘 보이는 무대 위에서, 얼마나도 아름다운 응원봉의 물결을 보고 있을까.

한동우 기자는 괜시리 흐뭇해져 미소를 흘렸다.

"첫 번째 콘서트를 준비하기 위해 정말 많은 연습을 했습니다."

"다 아는 곡인데도 데뷔할 때만큼이나 빡세게 준비했어요!"

최성훈이 능청스럽게 말을 더했고, 사방에서 박수 소리가 터져 나왔다.

"얘들아, 너무 좋았어어억!"

"꺄아아! 유니티지 사랑해!"

앞자리에서 울려 퍼진 함성에 신서진이 피식 웃음을 터뜨렸다.

그 장면이 전광판에 잡히면서 옆자리 팬들은 발을 동동 굴리고 있었다.

'좋겠네.'

그렇게도 관심을 좋아하는 아이.

관심을 받을 자격이 있는 아이.

신서진을 제법 가까이 지켜봐 오면서 한동우 기자가 느꼈던 이미지였다.

'오늘은 유독 더 행복해 보이네.'

저 얼굴을 그대로 찍어서 기사 1면에 넣고 싶을 정도로 완벽하리만치 행복해 보이는 얼굴이었다.

아, 기사 생각은 이제 그만해야 하는데.

한동우 기자가 머리를 긁적이며 중얼대던 순간, 신서진이 마이크를 잡고서 입을 뗐다.

"오늘 콘서트가 여러분에게 최고의 순간이 될 수 있도록 노력 많이 했습니다. 충분히 즐기고 가셨으면 좋겠습니다!"

"신서진 내가 낳을걸!"

"아아아아악! 서진아!"

마이크만 잡으면 헛소리를 하던 시절을 떠올리면 멘트도 많이 늘었다.

한동우 기자는 거의 아빠가 된 마음으로 박수를 쳤다.

짝짝짝.

"짧은 시간이지만 사이사이에 노래를 최대한 채워 넣었으니까요. 저희는 오늘 부서져라 춤을 추겠지만, 여러분은 부서지진 마시고……."

"끝까지 행복하게 해 드리겠습니다!"

최성훈은 눈을 반짝이며 마지막 멘트를 가로챘다.

"네, 다음 곡은 'Future and past'입니다!"

＊　　　　＊　　　　＊

스테이지에서는 멀끔한 얼굴들에 근사한 의상이었지만.

무대 밖에서는 대강 이런 모습이었다.

"으아아아악! 뛰어 올라가!"

"야야, 옷 다 갈아입었어?"

"헤엑… 헤엑… 나 숨차는데?"

그야말로 난장판이 따로 없다.

VCR 영상으로 시간을 버는 것 외에는 쉬는 시간이 없다.

숨을 고르지도 못하고 다시 무대에 올라야 하니, 그간 수많은 음악방송과 축제를 돌아 봤어도 이만큼 빡셌던 순간은 없었다.

다 지쳐 쓰러질 것 같은 얼굴들이었지만 표정만큼은 환하게 웃고 있었다.

"자, 다시 올라갑시다!"

저 위에 올라가면 자신들을 기다리는 팬들의 함성 소리가 들릴 테니까.

그 소리에 힘을 받아 다시금 뛸 자신이 생겼다.

그렇게 여섯 번째 곡.

멤버들의 체력도 그렇고, 팬들의 체력도 슬슬 떨어져 가고 있을 때에.

이번 선곡은 커버곡인 'Blue sky' 였다.

상대적으로 잔잔하게 쉬어 가는 곡이기도 했다.

느낌이 좋아

부서지는 햇살 속에

나는 지금 달리고 있어

유민하와 이다영의 목소리에 너무 찰떡인 곡.
유민하가 시원시원하고 청량한 고음이라면, 이다영은 감성적
이고 부드러운 보이스를 가지고 있엇다.

닿지 못할 sky
Blue blue sky

신서진의 화음은 그런 둘의 목소리에 자연스레 녹아들었다.
개인적으로 신서진이 참 좋아하는 곡, 'Blue sky'.
신서진은 입가에 미소를 띤 채 마이크를 움켜쥐었다.
지금 이 순간이 좋다.
이 무대가 좋았다.
끝이 있을 걸 알면서도, 그냥 시간을 멈춰 버리고 싶을 만큼.

닿지 못할 sky
Blue blue sky
바람의 조각이 되어
흩날려 왔어

신서진은 지금 행복했다.
"……"
하지만, 그 전율의 행복 속에서.

신서진은 미세한 진동을 느꼈다.

그리고, 당연한 사실을 실감한다.

결국 이 이야기에는 끝이 있다는 것을.

＊　　　　　＊　　　　　＊

느낌이 좋아

부서지는 햇살 속에

나는 지금 달리고 있어

닿지 못할 sky

Blue blue sky

바람의 조각이 되어

흩날려 왔어

쿵. 쿵. 달아오르는 심장 소리와 함께, 바닥이 진동하고 있었다.

팬들의 함성 소리로 가득찬 콘서트장에, 인 이어를 뚫고 들어오는 MR까지 겹치면서 분간이 어려웠다.

하지만, 무언가 잘못되었음은 알 수 있었다.

이건 단순히 발을 굴러서 나올 수 있는 진동이 아니다.

그보다 조금 더 급박한, 흡사 지진에 가까운 위험의 신호.

마이크를 쥐고 노래를 부르던 유민하가 멈춰 섰다.

유민하는 신서진의 바로 옆에 서서 그를 돌아보았다.

'뭔가 이상해.'

그녀의 입모양은 직감적으로 그렇게 말했고.

신서진은 대꾸 없이 천장을 올려다보았다.

음악에 취해 버린 팬들은 미묘한 소음을 듣지 못한 듯했으나, 몇몇은 이상함을 감지한 건지 잠시 멈칫했다.

그러나 그것도 잠시, 다들 속 편히 넘길 뿐이었다.

'공연장은 원래 시끄러우니까.'

스탠딩은 아니지만 제자리에서 방방 발을 구르고 있는 사람들만 생각해도, 바닥이 살짝 진동하는 것은 크게 이상한 일이 아니다.

더군다나 한국처럼 지진이 흔치 않은 국가라면.

대다수는 조금도 경각심을 가지고 있지 않았다.

"와아아아악!"

"꺄아아아아아! 유니티지!"

유민하의 불안함과는 상반되게 오히려 응원 소리는 한층 더 거세졌고.

멤버들 역시 잔뜩 흥에 올라 진동을 잊어버린 뒤.

이번에는 절대 무시할 수 없을 수준의 진동이 찾아왔다.

쿵.

쿵.

덜컹—.

무대 전체가 살짝 기울어질 정도의 충격.

이번에는 사람들도 웃을 수 없었다.

"이게… 뭐야?"

불안해 보이는 유민하의 시선이 신서진에게 닿았다.

너무 무대를 즐겨서, 정신없이 뛰다 보니 구조물에 금이라도

간 건가.

무대 전체가 무너져 버리면 어떡하지.

찰나에도 숱한 생각들이 머릿속을 헤집어 놓던 그때.

신서진이 입을 떼었다.

유민하를 똑바로 응시하며 말했다.

아주, 잠시만.

"눈을 감아."

빠르게 끝나 있을 테니까.

아마도 그렇게 말했던 것 같았다.

*   *   *

"뭐… 뭐가 어떻게 되는 거야?"

끼이이익―.

섬뜩할 정도로 불길한 소리.

콘서트장을 지탱하고 있는 철제 기둥마저 흔들리기 시작하자, 콘서트장은 그야말로 아수라장이 되었다.

"아아아악!"

'Blue sky'의 MR은 어느덧 사람들의 비명 소리로 묻혀 버렸다.

어떻게든 밖으로 뛰쳐나가려는 사람들과 그런 인파에 밀려 고꾸라진 사람들.

그런 이들이 뒤엉겨 사방에서 곡소리가 터져 나왔다.

"밀지 마세요!"

"살, 살려 주세요!"

"아아아아아악!"

생존을 위한 본능적인 뜀박질.

그러나 출구는 한정되어 있었고 5천 명이 넘는 관객들이 전부 빠져나가기에는 무리가 있었다.

실제로, 지금 콘서트장은 가라앉고 있었다.

마치 제 존재를 이 땅 위에서 모두 지워 버리려는 듯.

그 이름이 무색하게도 흔들리면서 조금씩 가라앉는다.

흡사 싱크홀을 연상시키는 현상이지만 미묘하게 다르다.

쿵.

쿵.

다만, 한 가지 확실한 것은.

콘서트장 전체가 땅속에 파묻히기까지 오랜 시간이 남지 않았다.

그사이에 충격을 이기지 못한 건물은 통째로 바스라질 것이다.

신서진이 우려했던 상황.

끔찍한 지옥이 눈앞에 펼쳐지고 있었다.

방금 전 무대는 정말로 끝내줬는데.

너무나도 즐거운 콘서트였는데.

지금은 그 안에서 비명 소리만 터져 나오고 있었다.

"제길."

VIP석 뒤쪽에 앉아 있던 한동우 기자는 이를 악문 채 사방을 두리번거렸다.

저쪽은 사람들로 길이 막혔고, 반대편은 이미 가라앉고 있는 중이었다.

"밟지 말라고요! 아아아악!"

"빨리 나가시라고! 건물 무너진다니까!"

서로를 깔아뭉개며 고통스러워하는 저쪽은 차라리 양반이다.

한동우 기자가 서 있는 쪽은 출구조차 너무나 멀었으니까.

"어디로 나가지?"

답이 없는 중얼거림이 메아리처럼 돌아왔다.

가슴 깊이 저 아래에서, 일전에 느껴 본 적 없는 두려움이 스멀스멀 기어오르고 있었다.

그것은 비단 한동우 기자뿐만이 아니었다.

이곳에 있는 모든 사람들이, 조금씩 실감하고 있었다.

'싱크홀인가.'

통째로 가라앉아 버리는 건가.

우왕좌왕하며 뜀박질을 하는 와중에도 조금씩 가라앉고 있는데.

콰직.

한동우 기자는 제 아래의 흙이 가라앉으며 발을 삼키는 것을 보면서 직감했다.

"어… 디로 나가야 하지?"

길을 잃었다.

죽음이 목전에 다가와 있다.

아마도… 마지막일지도 모른다.

"어……."

한동우 기자는 본능적으로 휴대전화에 손을 뻗었다.

오지도 못할 119에 전화를 거는 바보 같은 짓은 하지 않았다.

떨리는 두 손은 이 상황에서도 너무나 자연스럽게 단축번호 1번을 눌렀다.

깊은 생각을 할 시간은 없었다.

어쩌면 마지막이 될지도 모를 전화를 걸려던 그때.

휙―.

"어억!"

보이지 않는 손이 제 몸을 낚아챘다.

*　　　　*　　　　*

헤르메스의 권능(權能).

지상부터 지하까지, 신서진이 가지 못할 곳은 없었다.

누군가는 그의 능력을 전광석화와 같다고 말했다.

빛보다 빠르게, 눈으로는 차마 좇을 수 없을 정도로.

순간 이동에 가까운 움직임이 신서진의 권능이었으니.

신서진은 그렇게 콘서트장을 누볐고.

사람들을 낚아채었고.

있는 힘껏 그들을 콘서트장 저편으로 던져 놓았다.

이미 확정된 재앙을 막기 위해 신서진이 선택한 것은 그리 복잡하지 않은 방법이었다.

그저 낚아채고, 잡아서 안전한 곳으로 보낼 뿐.

기절하듯 쓰러졌다가 깨어난 사람들은 영문도 모르게 구조되는 것이다.

그러면 된다.

콘서트장은 무너질지라도, 저 안에 있는 팬들은. 멤버들은 구해 낼 수 있으니까.

하지만.

"허억… 헉."

5천 명이 넘는 사람들.

그 사람들을 전부 낚아채어 운반하는 일이 결코 쉬울 리 없다.

어쩌면, 모래밭에서 진주를 골라내는 것보다도 더 최악이었다.

그야말로 끝이 보이질 않는 싸움.

숨이 가빠 오는데 조금도 쉴 틈은 없다.

조금씩 무너져 가고 있는 지반은 마치 신서진의 귓가에 대고 데드라인을 속삭이는 것 같았다.

"제발……."

"조금만 더……."

빛의 가루는 빠르게 바닥나고 있었으나, 이 모든 일이 끝날 때까지 부디 버텨 주길 바라는 마음이었다.

'반드시 끝내야 해.'

사람들을 옮겨야 한다.

신서진의 머릿속엔 오로지 그 생각뿐이었다.

자신 때문에 일어난 일이다.

당연하게도, 그 마무리는 자신이 봐야 한다고 생각했다.

'끝을 볼 생각이라면, 나와 했어야지.'

모든 대가는, 자신이 치를 생각이었다.

그것이 무엇이 되었든.

아무도 알아주지 못한다 할지라도, 그건 변함이 없었다.

저 많은 사람들이 빛에 가까운 속도로 들려 옮겨진다고 해도.

살아남은 사람들은 저를 살려 준 것이 신서진임을 결코 알아내지 못할 것이다.

하지만 그런 건 아무래도 상관이 없었다.

저들이 앞으로 살아가면서. 수십, 수백 번을 신을 원망한다 할지라도.

애초에 시답잖은 영웅 놀이를 하러 온 것이 아니니.

그저 살기를 바랐다.

반대의 상황이라면 저들도 그랬을 테지.

유니티지가 좋아서.

자신이 좋아서.

우리의 노래가 좋아서.

그렇게 찾아온 사람들을 단 한 명도 포기할 수 없었으니까.

신서진은 제 모든 힘을 끌어내 그들을 운반했다.

그리고.

"……."

마침내.

그 넓은 콘서트장에 개미 새끼 한 마리도 남지 않았을 무렵.

"…아."

신서진은 초점을 잃은 눈으로 숨을 크게 뱉었다.

이미 철제 기둥이 휘어질 대로 휘어져 가라앉고 있는 콘서트장.

영문도 모르고 내던져진 사람들.

그들을 번갈아 보면서 확신한다.

'살렸다.'

그럼 된 거야.

그렇게 신서진은 까무러치듯 정신을 잃었다.

*   *   *

저 거대한 콘서트장을 신성력으로 무너뜨려 버린다.

누구 머리에서 나온 생각인지는 몰라도 제대로 미친 생각임에 틀림없었다.

신서진이 저 많은 사람들을 직접 실어 나르느라 쓴 신성력 못지않게.

제가 지닌 모든 힘을 쏟아부어야 가능한 일이었을 테니까.

그만한 리스크를 감수한 결정이다.

신들을 향해 던지는 최후의 도전장이었을 것이다.

모든 전력을 쏟아부은 상황이라면, 그 전략이 실패했을 때의 대가도 생각했어야지.

저벅저벅—

잔해가 수북이 쌓여 있는 지하의 공동(空洞).

정확히는 콘서트장의 복도였던 것.

아프로 비안체는 무너진 길을 따라 걸었다.

저 위에서는 패닉에 빠진 사람들의 비명 소리가 들려왔지만, 이미 대다수는 멀쩡하게 콘서트장을 빠져나온 뒤였다.

아프로 비안체는 입가에 조소를 머금은 채 고개를 들었다.

"이런 그림을 바란 건 아니었을 텐데."

그의 앞에는 익숙한 얼굴이 서 있었다.

이 끔찍한 짓을 뻔뻔히도 저질러 놓은 남이석과 디오니소스.

아프로 비안체를 확인하자마자 남이석의 얼굴이 새하얗게 질려 버렸다.

심지어, 그 뒤로는 이전의 힘을 어느 정도 회복한 아테나가 뒤따라오고 있었으니 말이다.

아테나는 방패를 손에 쥔 채 차갑게 웃었다.

"어째 표정들이 하나같이 그 모양이야? 내가 무덤에서 걸어 나온 것 같아?"

지금 이 상황에서 아테나는 어느 정도 이겨 볼 만할지도 모른다.

하나, 아프로 비안체는 아니었다.

원래도 남이석보다는 강했던 상대.

하물며 지금은 신성력이 사실상 바닥이 나 버린 상태였다.

'도… 도망가야 하는데.'

승산이 없는 싸움이다.

본능적으로 그것을 직감한 남이석은 뒷걸음질을 치며 디오니소스의 눈치를 살폈다.

유일한 구세주.

디오니소스조차 자신을 포기한다면 남이석은 꼼짝없이 죽은 목숨이었다.

숨 막힐 정도로 고요한 정적 속에서.

한참을 굳어 있던 디오니소스가 입을 떼었다.

"잘못된 결정이었군."

"왜, 더 치밀하게 묻어 버렸어야 했나? 기왕이면 아무도 살아 나올 수 없는 쪽으로?"

아프로 비안체가 인상을 찌푸리며 비아냥거리자, 디오니소스는 고개를 저어 보였다.

"판단은 옳았으나 결정이 잘못되었어. 이 사람들을 끌어들인 건 내 실수야."

"못자리 앞에서 실수했다고 고해성사라도 해 주질 그랬나."

"신은 없어져야 해."

신념을 포기하지 않은 눈으로, 디오니소스는 그렇게 말했다.

"…결과적으론 내가 그걸 증명하는 꼴이 되어 버렸지만."

디오니소스는 아프로 비안체를 똑바로 응시했다.

똑같이 제우스의 서자로 태어났음에도 퍽 다른 길을 걸어온 아폴론과 디오니소스.

둘의 사이는 좋게 포장해도 형제애가 느껴질 정도로 돈독하진 않았다.

어쩌면 자신은 평탄하게 생을 살아온 아폴론을 시기했을지도 모른다.

결국 몇천 년이 흘러서.

지금 이 상황이 되었을 때에도 이리 다른 길을 걷는구나.

디오니소스는 별달리 큰 감흥 없이 운명의 장난을 받아들였다.

"도망갈 생각은 없다."

그 말인즉슨, 제 처분을 아폴론에게 맡기겠다는 소리였다.

그 한마디에 디오니소스를 믿고 있던 남이석의 두 눈이 크게 뜨였다.

"그… 그게 무슨……."

조금의 적의도 느껴지지 않는 태도.

디오니소스가 싸울 생각조차 없음을 눈치챈 남이석이 뒤늦게 자리를 뜨려 했지만.

서걱—.

아프로 비안체는 허리춤에 차고 있던 검으로 그를 베었다.

"……!"

화르륵—.

활활 불길이 타오르는 검은 그 무엇도 태워 버릴 수 있었다.

남이석은 외마디 비명을 지르기 무섭게 재가 되어 흩어져 버렸다.

그 광경을 바로 옆에서 목격한 디오니소스는 고개를 돌려 덤덤히 물었다.

"헤르메스는 어디 갔지."

모든 빛의 가루를 소진하고 쓰러진 것 같은데.

아프로 비안체는 어깨를 으쓱여 보였다.

"아마 속 편하게 자고 있을 거다."

아프로 비안체의 태연한 한마디에, 디오니소스는 허공을 보며 쓸쓸하게 웃었다.

"……."

마지막일지도 모르는데…….

"아쉽게 됐군."

＊　　　　＊　　　　＊

[공연장 싱크홀, 전체가 가라앉아. 사상자는 0명]
[사상자가 없는 것은 기적 같은 일]

—와 미친 내가 뭘 본 거임? 저게 왜 가라앉아?
└ㄷㄷㄷㄷㄷ 아니 꽤 빠르게 무너지는데 저기 있는 사람들 괜찮은 거예요?
└다 구조되었다고 함
└다친 사람 없음 솔직히 그게 너무 신기함
—유니티지 콘서트 순간 이동 썰 아래에 올라왔던데
└???
└강 눈 뜨니까 콘서트장 밖에 있었다는데 ㅅㅂ 이게 무슨 소리냐
└근데 다 짜고 친 것처럼 이 소리 하고 있음
└공연장이 무너지긴 무너졌는데 옆으로 비켜 갔대요 그래서 그렇게 착각하시는 건 아닐런지
└아니, 말이 안 돼. 어떻게 싱크홀인데 공연장이 지 혼자 옆으로 날아감 ㅋㅋㅋㅋㅋㅋ 그것도 아무도 안 다치게? 콘크리트 주제에 배려심이 넘치는 걸
└그러면 진짜 순간 이동이라도 했다는 거야 뭐야 ㅋㅋㅋ
—기적 같은 일이긴 하네……. 다친 사람이 없어서 다행
└저 안에 5천 명 있었는데 자칫하면 진짜로 큰일 날 뻔함 ㅠㅠ
└친구가 유니티지 콘서트 보러 갔다는데 갑자기 뉴스 나오길래 너무 놀라서 펑펑 울었다고 ㅠㅠ 전화 온 거 보니 멀쩡해 보여서 후…….

—저 정도면 신의 가호를 받은 걸까?

ㄴ사이비세요?

ㄴ닉넴 보니까 맞는 거 같네 갓서진찬양 ㅇㅈㄹ

ㄴ서진이는 신이 맞거든요

ㄴ갓서진은 인정이지

실로 기적적인 일이라 할 수 있었다.

공연 역사상 처음 있는 상황. 결국 유니티지의 콘서트장은 보도 내용대로 싱크홀에 의해 땅이 꺼지며 무너져 버렸고.

미처 대피할 시간이 없었던 사람들은 전부 잔해에 깔려 빠져나오지 못할 뻔했던 순간이었다.

한데, 기적적이게도.

잔해는 공연장에 있던 사람들을 비켜 가 사선으로 쓰러졌고.

무사히 구출된 사람들은 크게 다치지 않았더라는 이야기…….

—까지가 알려진 내용이었다.

"정말 죽었다 살아났어. 난… 아직도 믿기질 않는다니까?"

"좋은 쪽으로 공중파 뉴스에 진출하고 싶었지. 근데 이렇게 나올 줄은…….'

콘서트장의 모습과 함께 유니티지의 얼굴이 9시 뉴스를 떠돌았으니 화제성이야 말해 봐야 입 아플 수준이었다.

기적적으로 살아남은 아이돌과, 그 자리에서 목숨을 구한 팬들.

SW 엔터는 행여 부정적인 여론이 생길까 봐 열심히 언론플레이를 했고, 다행히 극적인 이야기는 대중들에게 먹혔다.

유니지의 미니앨범 순위는 소폭 상승하여 무려 차트 20위권 안착에 성공했고, 유니티지의 데뷔곡 'Fantasia'는 이번 일로 역주행해 재차트 인에 성공했다.

경사는 이어졌다.

유니지가 케이블 음악방송 1위에 성공하며 유닛으로서의 존재감을 다시 한번 각인시켰다.

'최근에 저희 콘서트장에서 큰 사고가 있었는데요…… 인생사 새옹지마라고… 앞으로는 여러분들에게 좋은 모습, 행복한 일만 보여 드리도록 하겠습니다……!'

　

—진지하게 현 시점 신인 탑돌은 유니티지 아님?

└신인상 휩쓴 것만 봐도…….

└영향력은 확실한 듯 콘서트장도 무너뜨리고 팬들이 얼마나 ㅈㄴ 많으면 공연장이 가라앉음?

└ㅁㄱ

—커리어적으로도 화제성으로도 차세대 탑돌은 맞지

└일단 SW 엔터에서 각 잡고 나온 신인 아이돌인 데다가 애들 밸런스, 실력, 비주얼 빼놓을 데가 없음 ㅠㅠ

└혼성 아이돌인 게 걸렸는데 활동은 나눠서 하네

└다 필요없고 둘 다 흥해 줘 ㅠㅠ

└이번 활동은 진짜로 유니지의 존재감이 돋보였으 민하도 소감에서 말했지만 이번 사고를 발돋움 삼아 더 나아가는 유니지가 되기를!

└팬들이 응원해 ㅠㅠ 애들도 이거 보고 힘냈으면…….

음악방송이 끝나고, 주르르 달리는 댓글들을 보며 유민하는
입가에 미소를 머금었다.

처음으로 유니지의 성과를 제대로 보여 준 이번 활동.

신인상에 멈추지 않고 또 다른 트로피들을 손에 쥐기 위해
최선을 다할 것이다.

다 좋다.

다 괜찮은데…….

"신서진……."

유민하는 쓸쓸한 눈빛으로 나직이 중얼거렸다.

"너, 언제 일어나냐."

해야 할 말이 너무 많은데.

녀석은 3일째 깨어나지 않고 있었다.

*　　　　　*　　　　　*

빙글빙글─.

고선재 매니저는 제자리를 돌면서 턱을 쓸어내렸다.

끔찍한 사고가 벌어질 뻔한지 벌써 나흘이 지났다.

그 기간 동안 SW 엔터는 발칵 뒤집어졌고, 사건을 수습하
느라 시간은 정신없이 흘러갔다.

콘서트장이 무너진 충격 때문인지 그 자리에서 기절해 버린
신서진.

아직 외부에는 알리지 않았지만, 이대로라면 공지라도 띄워

야 할 판이었다.

고선재 매니저는 신서진이 깨어나기만을 기다리고 있었다.

'외상도 없고, 바이탈도 정상입니다. 솔직히 말씀드려서, 몸에 아무런 이상이 없습니다. 너무 놀라서 순간적으로 기절해 버린 것 같긴 합니다만, 지금쯤이면 깨어나야……'

상태는 멀쩡하단다.

그 흔한 타박상 하나 없이 멀쩡한 몸.

고선재 매니저가 봐도 신서진은 그저 깊은 잠을 자고 있는 사람 같았다.

"언제 깨어날 거냐, 서진아. 애들이 기다린다……"

몸이 축 늘어진 것 외에는 편히 호흡을 하고 있으니 금방이라도 깨어날 것 같은데 벌써 나흘째였다.

이제는…….

이제는 일어날 때가 되었는데.

정말 잘못된 것일까 봐.

고선재 매니저의 두 눈이 슬픔으로 잠겨 가던 그때.

끔뻑.

"어?"

고선재 매니저는 이상함을 감지하고는 고개를 홱 돌렸다.

찰나의 순간이었지만 분명히 봤다.

끔뻑. 끔뻑.

신서진의 눈꺼풀이 파르르 떨렸다.

"서진아. 신서진!"

그 미세한 움직임을 포착한 고선재 매니저가 큰 소리로 신서진의 이름을 외쳤다.

그 소리를 들은 멤버들이 병실 안으로 뛰어들어왔다.

토끼처럼 큰 눈을 열심히 굴리며 가장 먼저 후다닥 뛰어들어온 것은 최성훈이었다.

"왜요? 서진이한테 무슨 일 있어요?"

끔뻑.

"……."

최성훈의 시선이 신서진에게로 향했다.

"어억!"

파르르 떨리기만 하던 눈꺼풀이 마침내 들어 올려지고.

신서진이 천천히 두 눈을 떴다.

"야, 신서진!"

최성훈은 반사적으로 탄성을 터뜨리며 침대 기둥을 손으로 움켜쥐었다.

속사포와 같은 말이 쏟아졌다.

"너 괜찮아? 몸은? 어디 아픈 데 없고? 내 말은 들려?"

"……?"

"내가 누구야? 너 기억은 나나?"

신서진은 최성훈을 멍하니 돌아보며 다시금 눈을 끔뻑였다.

그 불안한 침묵에, 최성훈은 침을 꼴깍 삼켰다.

어딘가 초점이 없어 보이는 눈도 그렇고.

신서진답지 않은 조용함도 그렇고…….

불길한 예감이 든 최성훈이 힘겹게 입을 떼었다.

"너… 설마……."

혹시 머리가 잘못되었나?

"내가 기억이 안 나?"

동시에 쏠리는 고선재 매니저의 시선.

최성훈은 다급히 신서진의 팔을 움켜쥐었다.

"맞는 것 같은데? 야, 신서진! 너 진짜로 기억 안 나? 이거 숫자 뭐야? 앞은 보이는 거지? 어?"

"……."

"어어억, 매니저님 어떡해요! 얘 의사 불러와야 할 것 같은데. 서진아, 정신 좀 차려 봐!"

아.

그 말에 아랫입술이 파르르 떨리는 신서진.

몸을 살짝 일으킨 신서진이 인상을 찌푸렸다.

"…시끄러워요."

대충 정신 사나우니 나가 달라는 소리였다.

*　　　　*　　　　*

모두가 나간 후, 신서진은 천천히 병실을 돌아보았다.

아무런 외상이 없다지만 나흘이나 쓰러져 있었던 만큼, 병원에서는 당분간 입원해서 휴식을 취하라고 했다.

'그럴 필요 없는데.'

단시간에 신성력을 바닥내 버려서 기절했을 뿐이었다.

몸이 회복되기까지 시간이 조금 걸리긴 테지만, 크게 잘못된 것도 없었고.

물론 그래 봐야 내보내 주지 않으리라는 걸 알아서 일찌감치 포기했다.

　먹여 주고, 재워 주고.

　사실 병원도 꽤 나쁘지 않은 거처에 속했다.

　다만…….

　"어우, 정신없어."

　신서진은 유니비 멤버들이 와서 한바탕 뒤집어 놓고 간 후에야 한숨을 푹 내쉬었다.

　당장 오늘 음악방송과 라디오 스케줄이 있는 유니지 멤버들은 이따 저녁에나 온다고 했다.

　띠링―.

　신서진은 아프로 비안체에게서 온 신스타그램 문자를 확인하곤 씁쓸하게 웃었다

　신서진이 5천 명이 되는 사람들을 옮기고 나서 기절한 뒤에, 아프로 비안체와 아테나가 마무리를 한 것 같았다.

　최선의 선택이었겠지만 결코 달가울 수는 없는 문자.

　남이석은 죽었고.

　디오니소스는 아테나를 묶어 두었던 그 방패에 봉인되었다.

　'목숨을 구한 것이 다행인가.'

　그 상태에서 올림포스의 처분을 기다려야겠지만, 족히 몇백 년은 봉인되어 있을 것이 분명했다.

　"마지막 인사는 했어야 하는데……."

　저를 죽이려 했고, 올림포스와 신들을 배신했음에도.

　신서진은 이유 모를 아쉬움을 느꼈다.

지난 세월은 결코 단편적으로 끊어 낼 수 없는 것이라, 약해
지는 마음은 어찌할 수 없겠지.
　그렇게 멍하니 신스타그램 메시지를 내려다보고 있던 순간.
　"신서진!"
　문이 드르륵 열리며 유민하가 달려왔다.

　　　　　*　　　　　　*　　　　　　*

　그렇게 크게 이름을 외치며 들어온 것치곤, 어색할 정도의
정적이 이어졌다.
　유민하는 멀뚱히 신서진을 바라보며 침을 꼴깍 삼켰다.
　그 일을 겪었는데, 걱정이 되지 않을 수가 없었다.
　고선재 매니저는 신서진이 심약한 나머지 기절해 버린 거라
착각하고 있겠지만…….
　그게 아니라는 걸 알고 있으니 말이다.
　유민하의 빤한 시선이 느껴지자, 신서진은 떨떠름한 표정으
로 말을 뱉었다.
　"뭘… 그렇게 빤히 보는 거냐?"
　"몸은 괜찮아?"
　"보다시피 그렇지."
　최성훈이 이 자리에 있었다면, 어어 갓서진! 하며 분위기를
띄웠을지 모르겠으나.
　유민하는 그럴 성격은 아니었다.
　신서진은 제법 태연한 목소리로 말을 이었다.

"그냥 기절한 거야, 갑자기 땅이 가라앉는데 조금 놀라서⋯⋯."

"보통은 놀란다고 나흘씩이나 쓰러져 있지는 않는데."

"내가 연약해서 그래."

"⋯⋯."

유민하의 입술이 달싹거렸다.

아마도 험한 말을 하려 했던 기색이었는데 상대가 환자라 참은 듯했다.

"후."

짧게 한숨을 내쉰 유민하는 고개를 아래로 떨구었다.

사실 신서진이 지금 거짓말을 하고 있다는 건, 유민하도 잘 알고 있었다.

왜냐하면⋯⋯.

그 모든 일이 벌어지는 동안.

유민하는 바로 코앞에서, 신서진이 신기루처럼 사라지는 것을 목격했으니.

더 숨길 자신도 없었다.

그 일이 어떻게 가능했던 것인지, 평범한 인간인 제 시선에선 도무지 생각해 낼 수 없었지만.

그래도 한 가지만은 확실했다.

신서진은 특이한 녀석일지언정, 착한 아이라는걸.

녀석이 제 목숨을 구해 주었다는 걸.

그래서.

유민하는 두 눈을 질끈 감았다.

"나 봤어."

유민하의 입이 떨어졌고, 신서진은 놀란 얼굴로 두 눈을 치켜떴다.

"…뭐?"

그 한마디가 무엇을 의미하는지, 직감적으로 알아챘기 때문이었다.

뒷말이 이어지지 않길 바랐는데.

유민하가 조금 더 빨랐다.

"네가 우리 구해 줬잖아."

＊   ＊   ＊

무대를 즐기던 팬들이 비명을 지르며 뛰쳐나가고.

겹겹이 쌓인 사람들이 서로를 깔아뭉개는 장면은 아수라장이나 다름없었다.

하지만, 그 정신 없는 와중에도.

바로 제 옆에서 벌어지는 일을 눈치 못 챌 정도로, 유민하는 둔한 사람이 아니었다.

분명히 제 눈으로 똑똑히 보았다.

방금 전까지 곁에 있던 신서진이 신기루처럼 사라지는 것을 말이다.

그리고, 제 목덜미를 낚아채 콘서트장 밖으로 옮겨 두었던 것도.

이 세상 사람들은 다 모를지라도, 유민하는 기억했다.

아주 선명히 기억하고 있었다.

'잊을 수 없는 장면이니까.'

같이 학교를 다니고, 투닥대면서, 이렇게 같은 팀으로 활동을 하면서.

줄곧 그 모든 순간에 녀석이 특이하다는 것쯤은 알고 있었다.

하지만, 그날 유민하가 목격한 것은 단순히 '특이한' 범주를 넘어선 일이라는 것 또한 알았다.

유민하는 떨리는 목소리로 입을 떼었다.

"넌… 뭐야?"

그 말에, 신서진은 침을 꼴깍 삼켰다.

유민하는 재촉하듯 연신 말을 뱉었다.

"신이야? 아니면 도깨비… 뭐 그런 건가?"

드라마의 영향이었다.

"저승사자인가……."

유민하는 제 머릿속에서 생각하는 모든 영적인 존재들을 하나씩 읊어 대며 신서진의 눈치를 살폈다.

"이것도 아냐? 저것도?"

"……."

신서진은 별말 없이 그런 유민하를 빤히 보고 서 있었다.

그러다가, 담담히 제 이름을 말했다.

"헤르메스."

익숙한 이름에 유민하가 두 눈을 끔뻑였다.

난생 처음 듣는 신서진의 본 이름. 그것은 유민하도 익히 잘 알고 있는…….

명품 브랜드.

"거기 비싼데."

"……?"

신서진의 떨떠름한 표정에 유민하는 피식 웃었다.

"농담이야. 나도 어릴 적에 신화는 봤어."

유민하는 침을 삼키며 신서진을 가볍게 스캔했다.

본인 입으로 헤르메스라고도 했고, 공연장을 순간 이동 하듯 누비는 모습은 그녀가 알고 있는 전령의 신 이미지와도 부합했으나…….

"…생각보다 너무 한국적인데."

헤르메스라고 했을 때 기겁하듯 놀라 자빠질 줄 알았건만, 유민하는 의외로 침착했다.

"헤르메스가 그리스 사람이 아니었나……."

"애초에 사람도 아니야."

"아."

신을 처음 보는 인간치고는 태연하기까지 한 모습이었다.

어색한 공기 속, 유민하는 헛소리를 조잘대기 시작했다.

"그러면 너… 막 신발에 날개 달려 있어?"

"……."

"헤라랑 싸우면 네가 이겨?"

"근데… 그리스 로마 신화 보면 정상인 신이 하나도 없던데……. 너는 왜 멀쩡해?"

"신 중에 누구랑 가장 친해?"

그게 무슨 질문이냐.

같이 활동할 때는 몰랐는데 물어보는 질문들은 열여덟 살이

할 법한 질문 그 자체였다.

신서진은 속사포로 쏟아지는 유민하의 질문을 받으며 관자놀이를 꾹꾹 눌렀다.

지금은 하나하나씩 답해 주는 것보단, 유민하의 기억을 지우는 게 먼저였다.

"유민하."

신서진은 유민하를 돌아보며 이마에 손을 올렸다.

갑자기 제 이마를 손으로 짚는 것이 당황스러울 법도 하건만, 유민하는 두 눈을 반짝거리며 신서진을 올려다보았다.

신이라는 걸 들었는데도, 두려워하지 않는다.

제 정체를 알았음에도 전에 대하던 모습 그대로, 유민하는 제 앞에 서 있었다.

헤르메스는 지난 오랜 세월 동안 그런 인간을 찾아보기 어려웠다.

신이라는 걸 밝히면 두려워서 눈도 못 마주치거나.

무언가를 제게 바라거나.

때로는 신이라는 이유로 저를 원망하는 것들만 봐 왔다.

"너는 참 특이해."

"네가 할 소리는 아니야, 신."

"…그러네."

그래서인지, 신서진은 지금의 비밀을 유민하와 공유하고 싶었으나.

안 되는 건 안 되었다.

사아악─.

유민하의 기억을 지우기 위한 빛의 가루가 그녀의 이마 위로 흩어졌다가…….

"어."

실패해 버렸다.

"아, 안 되네."

기억을 지울 힘조차 남아 있지 않았다. 빛의 가루를 전부 쏟아 넣어 간신히 사람들을 구하고 기절해 버렸으니, 어쩌면 당연한 일이었다.

급격히 어두워진 신서진의 표정에 유민하는 아가와 같은 얼굴로 고개를 갸웃거렸다.

"뭐가 잘 안 돼? 너, 내 기억이라도 지우려 했어?"

"……."

눈치는 빨라서, 신서진은 유민하의 시선을 피하며 고개를 떨구었다.

일의 시작부터 마무리까지 도무지 순탄히 되는 법이 없다.

멍청하게 제 정체까지 고이 말해 버렸으니 일은 더 복잡하게 되었다.

하지만.

모든 게 다 엉망진창이어도.

"어쨌든… 어쨌든… 살았으면 된 거겠지."

신서진은 그렇게 말하며 유민하의 이마를 짚고 있던 손을 내렸다.

유민하는 그 말에 고개를 끄덕이며 입을 지퍼로 잠그는 시늉을 해 보였다.

어디 가서 헛소리하고 다니지 않겠다는 약속이었다.

"다행이야."

그거면 충분했다.

*　　　　*　　　　*

1년 뒤.

졸업을 앞둔 서울예고 3학년 교실.

학생들의 말소리가 끊이는 법이 없는 A반 교실에서, 오늘 학생들의 관심사는 졸업 시험에 관한 것이었다.

"예고면서 3년 내내 내신으로 그렇게 우리를 들볶아 놓고, 졸업 시험까지 있는 건 너무하지 않아?"

"작년에 새로 생겼다면서…… 와, 기준 빡세겠지?"

"선배들 중에 떨어진 사람 딱 한 명 있었어."

"으으… 그게 내가 된다고 생각하면 너무 끔찍하잖아."

여자애들은 몸을 부르르 떨면서 제자리에 앉았다.

서울예고의 마지막 평가이자, 가장 중대한 평가인 졸업 시험.

연예 특기생을 포함한 모든 재학생이 평가받아야 하는 시험이었다.

그래서인가.

아까부터 교문 밖이 시끌시끌했다.

A반 서지유는 고개를 빼꼼히 내밀어 창밖을 확인했다.

"유니티지인가……?"

이 정도 소란이면 톱급 아이돌인데.

서을예고에 연예인이 워낙 많으니 그저 그렇게 이름을 날리는 수준으로는 학생들이 놀라지 않는다.

애초에 학교 내에서까지 연예인이 부담스럽지 않도록 해 주려는 학생들의 매너였다.

그러나, 상대가 톱스타라면 얘기는 조금 달라진다.

매너고 나발이고, 사람 본능이라는 게 냅다 뛰쳐나가게 되어 있으니.

"꺄아아아아아악!"

"와아아악! 서진아, 이쪽도 봐 줘!"

흡사 교문 근처가 팬 싸인회 현장이 되고 나서야 서지유는 확신했다.

"아, 졸업 시험 보러 오네."

"우리 반 연예인들 오셨구만. 환영식이 아주 뜨거운데?"

허강민이 떠난 후 A반 반장을 맡게 된 최강식이 주머니에 손을 꽂아 넣었다.

데뷔 첫 년도에 신인상을 받으며 라이징 스타로 자리매김한 유니티지.

그 뒤로는 유니비와 유니지 유닛 앨범 모두 대박을 터뜨리며, 겨우 2년 차 만에 1.5군 수준의 아이돌로 자리 잡았다.

몇 년 지나면 정말 빌보드에서 이름을 날리지 않을까.

벌써부터 신곡을 내는 족족 빌보드 차트 인을 하는 것만 봐도 그러했다.

같이 공모전용 영상 찍겠다며 환호해 주던 것이 엊그제인데.

예능, 라디오, 광고. TV만 틀어도 유니티지가 안 나오는 구석이 없었다.

최강식은 혀를 내두르며 서지유에게 말을 걸었다.

"난 가끔 존경스럽다니까. 특히 신서진."

"신서진……?"

"넌 2학년 때 B반이어서 잘은 기억 안 나지? 쟤 처음 A반 들어왔을 때 견제가 어우……. 장난이 아니었지."

제 실력으로 C반에서 A반으로 올라온 것임에도 불구하고, 그때 신서진이 받았던 멸시가 어느 정도였으려나.

모두의 시선에 녀석은 그냥 모자란 애, 내지 특이한 애 정도였다.

1학년 시절 전교에서 밑바닥을 기던 이미지가 너무 강해서 그러했다.

그런 애가 그 잘난 A반 애들을 다 제치고 데뷔반까지 들어가서, 저리 시상식을 휩쓸고 있으니…….

"부럽다. 한편으론 멋있고."

"너도 아직 안 늦었어."

서지유의 한마디에, 최강식은 피식 웃음을 터뜨렸다.

딱, 괜히 서지유의 머리를 가볍게 툭 친 최강식은 어깨를 으쓱이며 말했다.

"존나 늦었거든? 나 데뷔반도 못 들어갔거든?"

"야, 우리 열아홉이야."

"히익, 다 늙어서 슬슬 기획사에서도 안 받아 주겠는걸?"

"이게… 넌… 벌써부터!"

두 사람은 현실적인 얘기들도 투닥거리다가, 이내 자세를 고쳐 섰다.

최강식의 뜬금없는 한마디가 이어졌기 때문이었다.

"근데 신서진은 이번 졸업 시험 때 뭘 준비했으려나?"

"시간이 없어서 제대로는 준비 못 했을걸."

춤? 노래? 작곡?

이거저거 다 잘하는 녀석이라서, 뭐가 특기인지 선뜻 고르기가 어렵다.

서지유는 잠시 고민하다가 가벼운 미소를 지었다.

"노래했으면 좋겠다. 나, 신서진 노래하는 거 직접 들어 본 적 없어."

그러고는 수줍게 덧붙였다.

"신의 목소리라던데, 궁금하잖아."

*   *   *

3학년은 필수 출석 시간 외에 거의 아이돌 생활을 하며 살았다.

1, 2학년 때에 비해 수업 이수 기준이 덜 빡센 데다가, 스케줄이 끊이지 않았던 탓이었다.

콘서트 사고 이후로 휘청할 거라 추측됐던 유니티지는 최근 두 번째 단독 콘서트를 체조 경기장에서 마치며 톱급 아이돌임을 다시금 증명했다.

그래서일까, 익숙하게 드나들던 서울예고의 복도가 오늘따라 조금은 낯설었다.

"꺄아아악! 서진아!"

"못 본 새 더 잘생겨지지 않았어?"

"우와… 연예인이다. 연예인."

"그냥 실물로 보니까 미쳤네."

저를 보면서 입을 틀어막는 학우들을 뒤로하고, 신서진은 복도를 걸어 나갔다.

오늘은 졸업 시험만 보러 왔으니 준비해 둔 것만 보여 주고 나가면 된다.

[시험장 12]

푯말을 확인한 신서진은 침을 삼키며 문고리를 잡았다.

드르륵―.

"안녕하세요."

신서진은 문을 열고 들어서자마자 가볍게 고개를 숙여 보였다.

익숙한 얼굴들이 심사를 위해 앉아 있었다.

퉁명스러워도 제자들에겐 진심이었던 주영준 선생.

늘 조잘대긴 했어도 밉지 않았던 최서연 선생.

그리고, 신서진을 몹시도 탐내곤 했던 한재규 선생까지.

반가운 얼굴들을 보며 살며시 미소를 지어 보인 신서진은 센터에 섰다.

"오랜만이네."

최서연 선생의 입에서 그런 말이 튀어나왔고, 신서진은 웃으며 고개를 끄덕였다.

"그러네요."

"어우, 야. 혈색이 더 좋아진 걸로 봐서는 연예인이 좋긴 좋
나 보다."

"물론이죠, 쌤. 이제는 저희가 밖에 나가서 서진이 자랑하고
다녀야 해요. 제가 가르쳤다고."

"한 쌤, 저는 이미 그러고 있었거든요."

최서연 선생과 한재규 선생의 농담 같은 말이 이어졌고, 여느
때처럼 헛소리는 하지 않는 주영준 선생은 담담히 말을 뱉었다.

"뭘로 준비했어? 춤?"

"노래입니다."

신서진은 카메라를 응시하며 입을 떼었다.

안 그래도 되었지만, 카메라를 찾는 건 본능이라 그렇다.

"오."

졸업 시험은 공평성을 위해 시험장 밖에서도 생중계된다.

아마 같은 학년 녀석들이 지금쯤 제 모습을 지켜보고 있을
터였다.

"노래? 의외네. 서진이 퍼포먼스도 잘해서, 그쪽으로 준비했
을 줄 알았는데."

"무슨 곡 준비했어?"

최서연 선생의 말에, 신서진은 슬쩍 눈을 감았다.

"……."

정말 많이 불렀던 곡이다.

서울예고에 처음 돌아왔을 때, 소극장에서 불렀던 노래였고.

첫 조별 과제 때 선보였던 곡이었다.

서울예고 생활의 처음이자 마지막이 될 곡.

"리셉터의 하늘 바다 부르겠습니다."

신서진은 상쾌한 미소를 지어 보였다.

*　　　　　*　　　　　*

신서진은 선생들의 시선을 느끼며 가볍게 숨을 골랐다.

불과 몇 달 전, 두 번째 단독 콘서트에서도 불렀던 곡인데.

오늘은 어쩐지 평상시와 다른 감정이 들었다.

서울예고에서 보냈던 짧다면 짧고, 길다면 길었던 2년의 시간들을 평가받는 기분.

신서진답지 않게 긴장한 얼굴에서 부드러운 목소리가 흘러나왔다.

푸르른 하늘이 바다처럼 느껴졌어

그 품에 안겨 하루를 자고 싶었어

설레는 내 마음이

파도처럼 요동치고 있어

무대 위에서 보여 줬던 것처럼 화려한 퍼포먼스는 없다.

온전히 제 목소리로 충실하게 불러 나가는 노래.

눈부신 네 모습이

햇살처럼 빛나고 있어

끝없이 헤엄치고
쉴 새 없이 날아가도
닿지 않을 것만 같아서
가끔은 두려워

더없이 깊으면서도 맑은 목소리에 최서연 선생의 두 눈이 동그래졌다.

2학년 초만 해도 신서진을 직접 가르쳤던 최서연 선생이었다.

서투르기에 남아 있던 당시의 버릇들을, 전부 다 고쳐서 새 사람이 되어 돌아왔다.

결코 제가 알던 신서진이 아니었다.

'어디서 기교를 배워 왔대?'

최서연 선생은 두 눈을 반짝거리며 신서진의 노래를 들었다.

그래도 달리고 싶어
바다 같은 저 하늘을

끝 처리가 너무도 깔끔한 고음.

이젠 제법 능숙한 스킬까지 자유자재로 선보인다. SW 엔터에서 배운 듯한 맑은 화법과 고유의 목소리가 어우러지면서 절로 감탄이 튀어나왔다.

"와……."

선생들 눈에는 여전히 어디 내놓기 불안한 제자라서, 그 익숙함에 잊고 있던 사실이 하나 있었다.

무려 유니티지의 메인보컬이다.

유민하와 함께 유니티지의 보컬 라인을 책임지고 있는 신서진.

푸르른 하늘이 바다처럼 느껴졌어

그 품에 안겨 하루를 자고 싶었어

설레는 내 마음이

파도처럼 요동치고 있어

하늘 바다야

내 손을 잡아줄래

어느새 자신감을 찾은 신서진은 미소를 지으며 여느 때처럼 편안하게 노래를 불러 나갔다.

꽤 높은 음인데 조금도 힘들어하는 기색은 없었다.

목소리는 타고났을지라도, 그 외의 것은 순전히 신서진의 노력이었다.

발성도 다르고, 스타일도 달라서. 가요에 적응하기까지 발성을 몇 번을 바꿨는지 모른다.

활동이 거듭되면 거듭될수록 방향을 찾아가는 기분이었다.

신서진은 새로운 스타일에 발을 내딛는 것을 두려워하지 않았다.

하늘 바다야

내 손을 잡아 줄래――

마이크를 꽉 움켜쥐고 뱉어 내는 시원시원한 고음에, 한재규 선생은 가볍게 전율을 느꼈다. 저도 모르게 흥분의 말소리가 튀어나왔다.

"어우, 너무 좋다."

주영준 선생 또한 고개를 주억거리며 그 말에 동감했다.

"너는… 정말……."

헛웃음이 튀어나올 정도로 다른 녀석이 되어 왔다.

데뷔 클래스 때도 이미 기적을 써 내려갔던 녀석이, 금의환향을 할 수 있었던 이유는 저런 끝없는 변화 덕분이 아니었을까.

제가 가르친 제자임에도 불구하고, 오늘만큼은 경이로운 수준이었다.

"노래 하나 불렀는데 왜 그렇게 잘하냐?"

"그러니까요. 저도 조금 놀랐잖아요."

최서연 선생은 미소를 지으며 마이크를 잡았다.

졸업 평가라서 이것저것 졸업 전에 지도해 줄 사항을 읊어 줄 생각이었다.

아쉬운 점이 보인다면 최대한 잡아 주는 것, 그게 졸업 전에 전해 줄 수 있는 유일한 가르침이었으니 말이다.

"내가 기억하기로, 서진이는 매 무대마다 나를 놀라게 했거든."

처음에는 기대치가 낮았기에 놀랄 수밖에 없었다.

하나, 그다음 무대부터는 또다시 이전의 무대를 찢어 버리며 새롭게 도약했던 녀석이다.

그럼에도 아쉬운 점을 꼽으라면 분명 있었을 것이다.

발성이 트렌디하지 않다던지, 춤에 지나치게 깔끔한 나머지 딱딱하다던지.

최서연 선생과 주영준 선생이 그런 걸 숨기는 타입도 아니고, 늘상 가감 없이 말해 온 편이다.

한데, 오늘은.

"단점을 찾을래야 찾을 수가 없어."

리셉터의 '하늘 바다'는 밴드곡이다.

그걸 에이틴은 K—POP 버전으로 수정해 줘서 보여 주었던 것이고, 밴드곡이나 퍼포먼스곡이나 공통점을 찾자면 혼자서 보여 줄 수 있는 스타일이 아니라는 점이었다.

상대적으로 다른 선곡에 비해 혼자 무대를 꽉 채우기 어려운 편에 속하는 곡이다.

자칫하면 밋밋해 보일 수도 있었을 텐데.

신서진은 그런 편견마저 완벽하게 깨부쉈다.

"왜… 이 무대가 비질 않을까? 무슨 아홉 명이 같이 올라온 것처럼 꽉차게 느껴질까?"

성장, 그 단어를 의인화한다면 신서진이 아닐까.

최서연 선생은 그렇게 생각하며 피식 웃음을 흘렸다.

"네가 네 혼자 힘으로도 이 무대를 꽉 채울 수 있게 된 거야."

고작 이런 조그마한 무대가 아니라, 세계적인 무대에서도 그러할 것이다.

"신서진은 신서진이니까."

너는 충분히 그러할 수 있을 것이다.

"앞으로도 지켜볼게, 수고했다."

"넵."

그 한마디에 신서진은 웃으며 마이크를 내렸다.

*　　　*　　　*

서을예고의 강당.

졸업식 당일이라 유난히도 사람들이 더 붐비는 날이었다.

"서진아, 졸업 축하한다!"

신서진은 저를 부르는 목소리에 고개를 홱 돌렸다.

고선재 매니저가 손을 흔들며 제자리에서 방방 뛰고 있었다.

오는 길에 사 왔는지 예쁜 꽃다발도 함께였다.

"내가 이 자리에 빠지면 안 되지. 너네도 알잖아, 명색이 니들 매니저인데. 꽃다발 없이 돌려보내진 않지."

"꽃다발… 이미 충분하긴 해요."

최성훈이 머리를 긁적이며 웃었다.

그렇잖아도 졸업 기념 선물이라며 SW 엔터에 꽃다발만 한 트럭이 왔다.

조만간 꽃다발로 꽃집을 차려도 될 법한 수준이었다.

고선재 매니저는 머쓱하게 웃으며 그러냐, 하고 뒤로 물러섰다.

"아, 연예인 걱정은 하는 거 아니라던데."

그러면서도 고선재 매니저는 신서진에게 꽃다발을 내밀었다.

"자아, 서진이 선물!"

다른 애들과 다르게 졸업식에 찾아와 줄 가족이 없다.

아마 그것이 마음에 쓰여서 꽃다발까지 들고서 졸업식에 찾아왔을 것이다.

신서진은 고선재 매니저의 배려를 알았기에 기쁘게 받아들였다.

"감사해요, 꽃이 예쁜데요."

"그렇지? 너 좋아한다는 안개꽃도 엄청 넣었다. 요새 꽃집 성수기라 가격이 너무 비싸더라."

"시들 때까지 숙소에서 물 주고 키울게요."

"그러엄. 기왕이면 박제까지 해 놔야지."

신서진은 고선재 매니저 말에 웃으며 꽃다발을 안았다.

고선재 매니저는 유니티지 멤버들을 돌아보며 물었다.

얼마 전에 졸업 시험까지 본 건 알고 있었다.

그때도 진짜 졸업하는 기분이라며 호들갑을 떨던 녀석들인데.

"진짜 졸업하니까 기분들 어때?"

사실 3학년 때는 연예계 활동에 치중하느라 상대적으로 학교에서 많은 시간을 보내지 못하였다. 3년 내내 서울예고에 있었던 학생들만큼은 아니겠지만, 그럼에도 많은 정이 들었다.

유난히도 치열한 학교라서 더 그랬다.

고생하면 기억에는 확실히 남는다고, 딱 그런 느낌이었다.

이다영은 발그레한 볼로 입을 떼었다.

"조금… 아쉬워요. 1학년 때로 돌아가면 더 즐겼을 텐데."

"우리 한 번도 즐긴 적은 없었지."

"너 어무 빡셌지."

최성훈의 한숨에 유민하와 이유승은 동시에 웃음을 터뜨렸다.

고선재 매니저는 신서진을 돌아보며 물었다.

"서진이는 어떤데?"

"1학년 성적 말아먹은 게 아쉬워요."

"……?"

"장학금 제가 받아야 하는데."

졸업 장학금 받았어야 했는데.

망할 전 몸뚱아리 주인 신서진이 말아먹는 바람에, 평균 내신 부족이다.

고선재 매니저는 떨떠름한 표정으로 두 눈을 끔뻑였다.

"너는… 돈이 그렇게 많은 애가… 또 돈 얘기를……."

"다다인선이죠."

"사자성어 틀렸어."

"…다시 공부할게."

신서진은 아폴론의 야녀인싸를 다시금 불신하며 한숨을 내쉬었다.

하고 싶은 얘기가 많았지만, 나머지 얘기는 뒤로 미뤄야 할 듯싶었다.

학년부장 이규필이 마이크를 들고 학생들을 불러 모았기 때문이었다.

"지금부터 졸업장 수여가 있겠습니다. 학생들은 모두 강당에 줄을 서 주세요."

"그러면… 매니저님."

"어, 저희 슬슬 가 볼게요."

"상 받고 올게요!"

유니티지는 종종걸음으로 뛰어갔다.

　　　　　*　　　　　*　　　　　*

　졸업장 수여는 A반 담임인 주영준 선생이 눈을 맞추고 한
명씩 직접 건네주는 방식이었다.

　3년 간 봐 온 녀석들이다.

　바늘로 찔러도 피 한 방울 안 나올 것 같은 사람이 오늘따
라 아련한 눈빛을 하고 있었다.

　주영준 선생은 입가에 미소를 띤 채 학생들 한 명, 한 명의
이름을 불러 나갔다.

　"허강민, 앞으로 나와."

　"네엡!"

　"너도 졸업 축하한다. 2학년 때 덕분에 고마웠다."

　"제가 3년 내내 반장을 했어야 더 잘 돌아갔을 텐데요, 그렇죠?"

　"그럼, 아쉬웠지."

　허강민은 악수를 하며 졸업장을 건네받았고.

　그다음으로는 최성훈의 이름이 울려 퍼졌다.

　"성훈아, 앞으로도 잘해라."

　"네, 쌤!"

　졸업식 때 가장 신나서 조잘댈 것 같던 녀석이, 오늘따라 복
잡미묘한 감정이 드는 건지 제법 조용했다.

　최성훈은 주영준 선생의 손을 꽉 쥐고서 고개를 숙였다.

　"감사했습니다."

　그다음 차례는 유민하와 이다영이었다.

　데뷔 직전까지 마음 고생을 많이 했던 이다영.

"넌… 이미 잘하고 있어."

"앞으로도 잘할게요, 쌤."

"그래, 믿고 있을게."

주영준 선생에게는 아픈 손가락이었는지, 씩씩히 연예계 활동을 하고 있는 이다영을 볼 때에는 한층 더 복잡한 얼굴이 되었다.

"이유진."

"강설아."

신서진은 한 명씩 튀어나오는 이름을 들으며 제 순서를 기다렸다.

"……."

서을예고의 졸업장.

아무것도 모르고 서울 강남역에 떨어졌을 때, 이거 하나 받겠답시고 무작정 서울예고로 돌아갔던 기억이 떠올랐다.

그때는 이 졸업장만 있으면 태평하게 먹고살 수 있을 거라 믿었는데,

돌이켜 보니 참으로 별거 없었다.

그런데.

막상 이걸 받을 순간이 되니.

왜 이리도 별것처럼 느껴지는지.

신서진은 크게 숨을 들이켜며 주영준 선생을 바라보았다.

주영준 선생이 차분한 목소리로 입을 떼었다.

"…신서진."

어느덧 제 차례가 왔다.

신서진은 시원섭섭한 얼굴로 고개를 끄덕였다.

"네."

"졸업 축하한다."

"감사합니다."

졸업장.

세 글자가 박혀 있는 그것을 손으로 움켜쥔 신서진은 주영준 선생에게 감사 인사를 전했다.

아닌 게 아니라, 정말로 고마웠다.

주영준 선생이 정이 많은 성격은 아니었지만, 아니, 오히려 가끔은 미운 소리로 툭툭 뱉고는 했었지만.

그럼에도 많은 것들을 배웠다.

그는 A반 학생들에게 늘 진심이었고, 덕분에 이리도 성장할 수 있었던 거라 생각했다.

트레이닝은 SW 엔터에서 본격적으로 받았지만.

가르침은 서을예고에서 받았다.

주영준 선생은 신서진을 빤히 돌아보다가, 이내 다시 입을 떼었다.

"…그래."

신서진의 차례를 끝으로 졸업장 수여식이 끝이 났으니, 이제는 정말 졸업이다.

악착같이 이 학교에서 경쟁하며 땀을 흘렸던 시간들 또한 졸업이다.

하지만.

주영준 선생은 떠나기 전 한마디가 해 주고 싶었던 모양이었다.

잠시 아랫입술을 들썩이던 그가 천천히 입을 열었다.

"애들아."

"네, 쌤!"

"네엡!"

우렁찬 아이들의 대답이 이어지자, 주영준 선생은 웃음을 터뜨렸다.

그는 숨을 들이내쉬며 손을 툭툭 털었다.

"너네도 아주 잘 알겠지만은, 그래도 오늘은 이 얘기가 해 주고 싶어서 말이야."

"네에!"

"뭔데요?"

미묘하게 어두워 보이는 표정으로, 주영준 선생은 현실적인 말을 뱉었다.

"교복을 벗고 이 교문 밖으로 나선다는 건, 더 이상 너네를 도와줄 사람이 없단 말이다."

그 한마디에, A반 학생들이 조용해졌다.

"알지?"

"……."

신서진은 침을 삼키며 그를 응시했다.

정글 같은 연예계.

각자 제 밥그릇을 챙겨 먹느라 바쁜 세상이다.

주영준 선생처럼 단지 스승이라는 이유만으로, 저를 도와줄 사람들을 찾기 힘들어지는 곳이었다.

그 의미를 이해하기에, 몇몇의 표정 또한 어두워졌다.

하지만.

"정말 지쳐 쓰러질 것 같을 때."

"이 학교가 너무도 그리워질 때."

주영준 선생은 고개를 끄덕이며 말했다.

"나를 찾아와라."

힘이 실린 한마디.

주영준 선생은 2년간 봐 온 A반 학생들을 한 명 한 명 눈으로 담으면서 말을 이었다.

어디 가도 살아남을 수 있게 가르쳤다.

남 부끄럽지 않을 실력의 녀석들만 남아 있다.

제 역량으로, 그렇게 악착같이 성장한 아이들이니까.

무너지지 않을 테지만.

그래도, 힘들어지는 순간이 온다면…….

"무너져도 다시 일어설 수 있도록, 내가 도와줄 거다, 너희들을."

주영준 선생은 흐뭇한 미소를 지으며 말했다.

"졸업 축하한다."

『예고의 음악 천재』完.